آئینے زندگی کے

(افسانے)

بہاری لال بہار شملوی

© Bihari Lal Bahaar Shimlavi

Aaine Zindagi ke *(Short Stories)*

by: Bihari Lal Bahaar Shimlavi

Edition: May '2024

Publisher :

Taemeer Publications LLC (Michigan, USA / Hyderabad, India)

ISBN 978-93-5872-749-4

© بہاری لال بہار شملوی

کتاب	:	**آئینے زندگی کے** (افسانے)
مصنف	:	**بہاری لال بہار شملوی**
صنف	:	فکشن
ناشر	:	تعمیر پبلی کیشنز (حیدرآباد، انڈیا)
سالِ اشاعت	:	۲۰۲۴ء
صفحات	:	۹۶
سرورق ڈیزائن	:	تعمیر ویب ڈیزائن

ترتیب

قارئینِ کرام سے

میرے افسانوں اور افسانچوں کا یہ مجموعہ "آئینے زندگی کے" اُردو میں شائع ہونے والی میری دوسری تصنیف ہے۔ اس سے قبل میرے مضامین اور خاکوں کا مجموعہ "حُسنِ کوہسار" منظرِ عام پر آچکا ہے۔ میری کہانیوں کا مجموعہ "آئینے زندگی کے" اب اُردو ادب کے شائقین اور سر پرستوں کی پارکھی نگاہوں تک رسائی حاصل کر رہا ہے۔ ان کہانیوں کا پس منظر ہماچلی عوام کی زندگی ہے اور ان کے پلاٹ عام آدمی کی زندگی کے ان واقعات اور سانحات سے بُنے گئے ہیں جنھیں مَیں نے بہت قریب سے دیکھا ہے۔ ہماچل کلا بھاشا سنسکرتی اکادمی سے جو ہماچل کی لسانی ترقی کا سرکاری ادارہ ہے۔ چند سال پہلے ہماچل کے اُردو افسانہ نِگاروں کی نمائندہ کہانیوں کا ایک مجموعہ "درد کوہساروں کا" شائع کیا تھا، میرا ایک افسانہ "آشیرواد" اس میں شامل کیا گیا تھا۔ میری کچھ کہانیاں محکمۂ لسانیات و ثقافت کے اُردو جریدہ "جدید فکر و فن" میں بھی شائع ہو چکی ہیں اور انھیں اُردو نواز طبقے نے پسند فرمایا۔ اسی سے حوصلہ پا کر مَیں اپنے کچھ افسانوں کا زیرِ نظر مجموعہ قارئین کی نذر کر رہا ہُوں۔

اُمید ہے یہ اُردو دوستوں کے ذوق کی کسی حد تک تسکین کر سکے گا۔

بہار کنج۔ شملہ ۹

بہارؔ شملوی ———

آئینے زندگی کے (افسانے)

بہاری لال بہار شملوی

حرفِ چند

ھماچل کی تنظیمِ نو کے بعد یہاں کے
آسمانِ ادب پر جو ستارے طلوع ہوئے ہیں،
ان میں بہاری لال بہار شملوی ایک منفرد تب و تاب
رکھتے ہیں۔

بہار شملوی شاعر بھی ہیں، مضمون نگار اور

افسانہ نگار بھی۔ ان کی شعری تخلیقات اور نثری تخلیقات دونوں میں پہاڑی عوام کے دلوں کی دھڑکنیں گونجتی ہیں۔ ——— ان کی نظموں اور غزلوں میں مقصدیت اور افادیت کے علاوہ رومان کی چاشنی بھی ملتی ہے۔ ان کے مضامین ہماچل کی تاریخی اور تہذیبی روایات اور اس کے قدرتی حُسن کی عکاسی کرتے ہیں۔

بہار کی کہانیوں میں تعمیری اور اصلاحی نظریات کے وسیلے سے ہماچل کے سیدھے سادے اور معصوم طبع عوام کو سماجی اور اقتصادی پسماندگی سے نکالنے اور سائنٹیفک دور کی نئی حقیقتوں سے آنکھ ملانے کی تحریک و ترغیب صاف دِکھائی دیتی ہے۔

کُلّو کی حسین وادی سے تعلق رکھنے والے اس پختہ مشق فنکار کا مُشاہدہ بہت تیز اور دُور رس ہے۔ اس کی شاعری سے یہ صاف پتہ چلتا ہے کہ اس نے بلا مقصد شعر کہنے سے گریز کیا ہے ——— اور اُس کی کہانیاں بھی کسی نیک مقصد اور بلند نصبُ العین کو پیشِ نظر

رکھ کر لکھی گئی ہیں اور یہ نہ صرف مفلس پہاڑی جنتا کے لیے بلکہ بنی نوعِ انسان کے نادار طبقے کے لیے مجموعی طور پر بیداری کا پیام لیے ہوئے ہیں۔

زیرِ نظر افسانوی مجموعہ ——— "آئینے زندگی کے" زوڑھیوں اور فرسودہ عقائد کے سلاسل میں بندھے انسانوں کے لیے صلائے عام ہے کہ وہ اپنی دقیانوسی روایتوں اور بے کار عقائد کے سیاہ خانوں سے نکلیں اور وقت کے ہم رکاب چلیں۔

بہار کے مزاحیہ رنگ کے افسانے بھی بڑے کامیاب افسانے ہیں۔ انھوں نے خود بھی کمال کی باغ و بہار طبیعت پائی ہے۔ جس محفل میں بیٹھتے ہیں اُسے زعفران زارِ کشمیر بنا دیتے ہیں ——— ان کی یہی فطری زندہ دلی اور ہنسوڑ پن اُن کی مزاحیہ افسانوی تخلیقات میں بھی اپنا ایک الگ مزا دیتے ہیں ——— جسے وہ اپنے قارئین میں بہت کھُلے دل سے

۱۲

بانٹتے ہیں۔

اُن کا یہ پہلا مطبوعہ افسانوی مجموعہ یقیناً
قارئین کی نگاہ میں معتبر اور لائقِ پذیرائی ہوگا۔

——— ڈاکٹر بنسی رام شرما

کلفِ اینڈ شملہ ۲
۱۶؍ دسمبر ۱۹۹۰ء

سکریٹری
ہماچل اکادمی آف آرٹ کلچر اینڈ لینگویجز

۱۳

نویدِ بہار

ڈاکٹر یشونت سنگھ پرمار اگر ہماچلی عوام کے مسیحا تھے تو اُن کی کابینہ کے سینئر وزیر مرحوم لال چند پرارتھی چاند کُلّوی اُن کے معتمد رفیقِ کار تھے اور مفلس و پسماندہ عوام کے دُکھ درد کے مخلص ترجمان و چارہ گر ——— یہ دونوں بزرگ اُردو کے جاں نثار

عاشق تھے۔ حسنِ اتفاق سے پرارتھی صاحب خود اُردو کے ممتاز شاعر، ادیب اور صحافی تھے ——— جب وہ ہماچل کی وزارت میں شامل ہوئے تو زیرِ نظر افسانوی مجموعہ کے خالق جناب بہاری لال بہار شملوی موصوف پرارتھی صاحب کے پرائیویٹ سکریٹری مقرر ہوئے۔ دس بارہ برسوں کی مسلسل باہمی رفاقت رنگ لائی اور:

"جمالِ ہم نشیں در من اثر کرد"

کے بمصداق بہار شملوی بھی شعر سمجھنے اور رفتہ رفتہ خود شعر کہنے لگے ——— افسانہ نگاری کی طرف بھی اُن کی طبیعت مائل ہوئی اور گذشتہ چند برسوں میں انھوں نے کئی خوب صورت اور دل چسپ کہانیاں لکھی ہیں جن میں سے کچھ مختلف رسائل میں شائع بھی ہوئیں۔

بہار صاحب کی زیرِ نظر تصنیف ——— "آئینے زندگی کے" ——— ان کے کچھ منتخب طبع زاد افسانوں کا مجموعہ ہے، جسے وہ زیورِ طبع سے آراستہ کرکے قارئینِ اُردو کی خدمت میں پیش کر رہے ہیں۔

ہماچل کے اُردو افسانہ نگار بالعموم پریم چند کی سماجی حقیقت نگاری اور ترقی پسند تحریک کی رُجحانات سے متاثر رہے ہیں ——— ہمارے ادیبوں کے یہاں علامتی اور تجریدی افسانہ نگاری نفی کے برابر ہے۔ بہار شملوی بھی اِسی روش پر گامزن ہیں۔ اُنھوں نے بھی سیدھے سادے بیانیہ انداز کو اپنایا ہے اور براہِ راست ترسیل کے روایتی اسلوب سے ہی قاری کے ذہن تک رسائی حاصل کرنے کی کوشش کی ہے۔ وہ اپنے قاری کو قیاسات کے گھنے جنگل میں نہیں بھٹکانا چاہتے اور نہ ہی علامات و استعارات کے چور دروازوں کی راہ سے اس کے ذہن میں دُخول حاصل کرنا چاہتے ہیں۔ ڈاکٹر گوپی چند نارنگ کی یہ رائے بہار کی اِس روش کا جواز مہیا کرتی ہے۔ ڈاکٹر نارنگ فرماتے ہیں:

"افسانہ چاہے علامتی ہو، استعاراتی ہو، حکایتی ہو، داستانی ہو یا سیدھا سادا بیانیہ ہو، وہ افسانہ ہونا چاہیے ——— کہانی کا تعلق اُس کی زمین اور ثقافتی روایتوں سے اُستوار ہونا چاہیے"

بہار کی کہانیاں اس کسوٹی پر سو فی صدی کھری اترتی ہیں۔ یوں بھی آج کے ماحول میں افسانہ پھر ماضی کی جانب مراجعت کر رہا ہے اور اس میں تجریدیت اور جدیدیت کی انتہا پسندی سے انحراف کا رجحان بڑھ رہا ہے۔ نئے افسانہ نگار پھر سے افسانہ میں بیانیہ کی بحالی کے لیے کوشاں ہیں۔

بہار کے زیادہ تر افسانوں کے کردار ہماچل کے سیدھے سادے، معصوم طبع، جیتے جاگتے اور ہنستے بولتے عوام ہیں۔ بہار کے طویل عرصۂ ملازمت نے انھیں زندگی کے تجربات کی بیش بہا دولت عطا کی ہے اور اس مدت میں ان کے زیر مشاہدہ آنے والے کچھ خاص واقعات و سانحات بیشتر ان کے افسانوں کے محرک بنتے رہے ہیں۔ انھی سے بہار نے اپنے افسانوں کے بیشتر پلاٹ تراشے ہیں۔

ان کے پلاٹوں میں مقاماتِ وقوع، واقعات اور SITUATIONS حقیقت کے بہت قریب نظر آتے ہیں اور یہی قاری کے ذہن تک راہ بنانے میں افسانہ نگار کی شعوری کوشش کی کامیابی کا وسیلہ بھی ہیں۔

اس مجموعہ میں شامل کیے گئے سنجیدہ افسانوں میں "آشیر واد"، "ٹونا"، "برہم بھوت" اور "امانت" میں اس حسین پہاڑی خطے کے باشندوں کی سادہ لوحی، جہالت، پسماندگی، ضعیف الاعتقادی اور قدامت پرستی کے ساتھ ساتھ ان کی معصومیت، نیک دلی اور دیانت کی عکاسی ملتی ہے۔ سماجی حقائق کی یہ ترجمانی کچھ اصلاحی پہلو بھی لیے ہوئے ہے۔ اس میں طنز کی وہ کاٹ بھی ہے جو عوام کو پسماندگی کی نیند سے بیدار کرنے کے لیے بانگِ درا اور ذہنی اور نظریاتی انقلاب کی راہ پر لپکتے ہوئے آگے بڑھنے کے لیے مہمیز کا کام کرتی ہے۔

"بھوک" اور "سسنا مال" انسانی کردار کی حیوانی جبلتوں کی نشاندہی کرتے ہیں جن کے باعث انسان اور جانور میں فطری یکسانیت پیدا ہو جاتی ہے۔ افسانہ "جھینا رانا اور جوگن" ایک داستانی فضا لیے ہوئے ہے۔ "اپریل فول"، "مالِ غنیمت" "ملائی چوٹ"، "الفاظ کا المیہ"، "کنبہ بندی" وغیرہ کے زیرِ عنوان افسانے مزاحیہ انداز لیے ہوئے ہیں لیکن سبق آموز بھی ہیں۔ اُن کی اساس بھی سماجی سچائیوں پر رکھی گئی ہے اور اُن میں سے ہر ایک کہانی کا انجام ایک اخلاقی

پہلو لیے ہوئے ہے۔ بہار نے ہنسی ہنسی میں بڑے پتے کی باتیں کہہ دی ہیں۔ افسانے میں چھپے ہوئے پیغام کو سمجھنا قاری کے اپنے شعورِ اکتساب اور اُفتادِ طبع پر منحصر ہے۔

بہار کو ہماچلی عوام کے مزاج، یہاں کے سماج، یہاں کی تہذیب، رسُوم و رواجات اور یہاں کی قدیم روایات و عقائد کا گہرا شعور ہے۔ ان کی کہانیوں کی فضا حقیقی ہے، خیالی نہیں اور ہر کہانی واردات سے عبارت ہے۔ کیونکہ بقول جوگندر پال:

"واردات کے بغیر کہانی میں
آنچ نہیں آتی"

مجھے کامل امّید ہے کہ قارئینِ کرام اور فنِ افسانہ کے نقاد بہار کی اس نویدِ بہار کو جو بہ صورت "آئینے زندگی کے" اُن کے ہاتھوں تک پہنچ رہی ہے، خلوص و اشتیاق سے قبول کریں گے۔

ـــــ شباب للت
فیلڈ پبلسٹی آفیسر، بھارت سرکار،
وزارت اطلاعات و نشریات

ریلوے بورڈ بلڈنگ، شملہ
۶ر دسمبر ۱۹۹۰ء

۱۹

آشیرواد

اِس بار جب بابا غریب داس پہاڑ سے لَوٹے تو نہ اُن کی آنکھوں میں گذشتہ سال کی سی چمک تھی اور نہ ہی چہرے پر رَونق۔ گرمیاں ابھی ختم نہ ہوئی تھیں اور اُن کا جلدی لوٹنا اِس بات کا شاہد تھا کہ اُنھیں ضرور اپنی مرضی کے خلاف ہی واپس میدانوں کا رُخ کرنا پڑا ہے۔ مجھے بچپن سے ہی سادھو فقیروں میں عقیدت رہی ہے۔ بابا غریب داس جب بھی پہاڑ کو جاتے یا وہاں سے واپس آتے تو میرے پاس ایک آدھ دن ضرور قیام کرتے تھے۔ مَیں بستی کے نزدیک ہی ایک غیر آباد چبوترے پر اُن کا بندوبست کر دیتا اور وہاں ایک دو دن خوب رونق رہتی۔ دھونی سُلگتی، تمباکو کے دَم لگتے اور کیمیا گری سے لے کر آواگَون کے فلسفہ تک پر بحث ہوتی۔ بابا عام سادھو نہیں تھے۔ وہ پڑھے لکھے تھے اور کئی برس سرکاری افسر بھی رہے تھے۔ دُنیا سے اُکتا جانے پر سادھو ہوئے تھے۔

اُس دن شام کو دھونی پر باتوں باتوں میں مَیں نے بابا جی سے ان کے

۲۰

جلدی لوٹ آنے کا سبب پوچھا جب کہ وہ جاتی دفعہ کہہ گئے تھے کہ انھوں نے دیوتاؤں کی بھومی میں سورگ استھان تلاش کر لیا تھا اور اُن کا اب کئی سال واپس آنے کا ارادہ نہیں تھا۔ باباجی دَم لگاتے ہوئے بولے "بچّہ وِدھاتا کو یہ منظور نہیں ہوتا کہ سادھو لوگ کسی ایک جگہ پر دل لگائیں۔ تمھیں تو معلوم ہی ہے کہ میں کئی سال سے ہر سال پہاڑ پر جاتا ہوں۔ مَیں نے کئی جگہ ڈیرے لگائے دریا کے کنارے، کئی بار گپھاؤں کے بیچ۔ کئی بار سراؤں میں اور کئی بار کھلی جگہ پر۔ جگہیں تو سبھی خوب صورت تھیں اور آب و ہوا بھی اچھی تھی۔ مگر میں ایسے استھان کی تلاش میں تھا جو واقعی خوب صورت ہوتا اور میرے دھیان لگانے کے لیے ایکانت مئی بھی ہوتا۔ پچھلے سال کافی کھوج کے بعد ایک مندر کے قریب مجھے دیودار کا ایک چھوٹا سا بَن ملا۔ لمبے اونچے درخت، زمین پر نرم گھاس اور دیودار کے پتوں کا سنگم، ٹھنڈے پانی کا چشمہ، مندر اور گاؤں کی قربت، سامنے اونچے برفانی پہاڑ اور وادی میں بہتی ہوئی خوب صورت ندی۔ سبھی چیزیں جو اب تک صرف میرے تخیل میں تھیں، میرے سامنے جلوہ فگن تھیں۔ مَیں نے ایک کھلی جگہ دیکھ کر پتھر کی دو چار سلیں بچھا کر چِمٹا گاڑ دیا اور جنگل میں سے گری ہوئی لکڑی اُٹھا دھونی سُلگا دی۔

میرے وہاں ٹھہرنے کی خبر سُن کر گاؤں کا بنیا مجھ سے ملنے آیا۔ آتے ہی میرے چرن چھوئے اور ہاتھ جوڑ کر کھڑا ہو گیا۔ چھوٹا سا قد، چمک دار آنکھیں، سر پر بڑا سا پگڑ، بھوری مونچھیں، میلے سے کپڑے اور پھٹی ہوئی جوتی۔ یہ اُس آدمی کی ظاہری شخصیت تھی۔ کہنے لگا "مہاراج! آپ نے ہم لوگوں پر بڑی کرپا کی ہے جو یہاں پدھارے ہیں۔ جس چیز کی بھی ضرورت ہو حکم کیجیے گا۔ صرف ہم پر دیا درشٹی رکھیے گا۔" مَیں نے سوچا کہ بڑا بھگت قسم کا آدمی ہے۔ بھگوان نے یہاں سب سُکھ تو دِیے تھے، یہ بھگت بھی بھیج دیا۔ مَیں نے اُسے جواب دیا کہ مجھے کسی خاص چیز کی ضرورت نہیں۔ دال آٹا الکھ جگا کر مل جاتا ہے، صرف تمباکو کی عادت ضرور ہے، تھوڑا بھجوا دیجیے گا۔

گاہے بگاہے بنیا مع اپنی اہلیہ کے آتا۔ اُپدیش سُنانے کو کہتا اور بیچ بیچ میں اپنی خواہش کا بھی اظہار کرتا کہ مَیں ایشور سے پرارتھنا کروں کہ اُسے بہت سا منافع ملے یا مجھے سونا بنانے کی کوئی ترکیب آتی ہو تو اسے بتا دوں۔ بنیے کا خاصہ کاروبار تھا۔ لوگوں سے اچھا منافع اور بیاج لیتا تھا۔ مگر لالچ بہت تھا۔ مَیں نے اُس سے کوئی چیز مانگنا چھوڑ دیا۔

گاؤں کے مندر میں کبھی کبھی میلے کی سی رونق ہوتی۔ مجھے بھی کھانے پر مدعو کر لیا جاتا۔ بکرے کاٹے جاتے۔ بہت سے لوگ شراب میں مدہوش ہوتے اور مجھے یہ سب کچھ پسند نہ آتا کہ ایشور کے نام پر ایسا سب کچھ کیوں ہوتا ہے۔ مندر کا کاردار (مہتمم) خود ایک شرابی تھا۔ اس کے ساتھ بحث کا کوئی خاطر خواہ نتیجہ نہ نکلتا اور جب اس سے کوئی جواب نہ بن پڑتا تو یہ کہتا "باباجی! آپ نے تو دُنیا چھوڑ رکھی ہے۔ آپ کو کیا۔ دوسروں کے معاملوں میں ٹانگ نہ اڑائیے"۔

گاؤں میں چھوٹے چھوٹے گھر تھے۔ کسانوں کی تھوڑی تھوڑی زمین تھی۔ آبادی راجپوتوں، برہمنوں اور ہریجنوں پر مشتمل تھی۔ بہت مشکل سے گزر بسر کرتے۔ اُنھیں اپنی حالت کے متعلق سوچنے کا وقت ہی کہاں ملتا تھا۔ گاؤں میں ایک چھوٹا سا مدرسہ تھا۔ صرف ایک کمرے پر مشتمل جس میں ایک ٹوٹی ہوئی کرسی تھی، ایک خستہ حال میز اور ایک بلیک بورڈ جس پر پالش کی سیاہی سے زیادہ چاک کی سفیدی جم گئی تھی۔ پندرہ بیس مختلف عمروں کے بچے چیتھڑوں میں ملبوس فرش پر بیٹھے۔ کچھ پڑھنے کی نسبت وقت گزارتے ہوئے نظر آتے۔ ماسٹر ایک نوجوان تھا جو حال ہی میں اپنی ٹریننگ پوری کرکے آیا تھا۔ ایک دن تبادلۂ خیالات ہوا تو معتقد بن گیا اور کبھی کبھی میری دھونی پر آنے لگا۔

مَیں پَو پھٹتے ہی اٹھتا۔ ٹھنڈے پانی کے چشمے پر اشنان کرتا اور دھیان لگاتا۔ اُس وقت کسان لوگ اپنے کھیتوں کو جاتے اور جب میرے استھان کے

قریب سے گزرتے تو عقیدت سے سر جُھکاتے۔ موسم ذرا سرد ہو گیا تو کچھ عقیدت مندوں نے لکڑی اور پھوس کی ایک جھونپڑی میرے لیے بنادی۔ وقت بڑی اچھی طرح گزر رہا تھا اور مَیں بہت خوش تھا۔ میرا دماغ جب بھی ایشور بھگتی سے خالی ہوتا تو تین کردار، بنیا، کاردار، ماسٹر اور لوگوں کی مفلسی میرے تصوّر میں ناچنے لگتے۔ مَیں اپنا فرض سمجھنے لگتا کہ مجھے اُن لوگوں کے لیے کچھ کرنا چاہیے۔ میری کسی بھی سکیم کے لیے یہی تین کردار کام میں آ سکتے تھے۔ بنیا میری سیوا کے لیے تیار تھا۔ میرے لیے پکّی جھونپڑی بنانے کا خواہش مند تھا۔ مگر اِس سے آگے وہ کچھ نہ کرسکتا تھا۔ کاردار اپنے آپ کو مندر کے مقرّرہ رِواجوں سے باہر نکالنے سے معذور بتاتا تھا۔ اس کا حلوہ مانڈہ، شراب گوشت سب لوگوں کی جہالت اور اندھ وِشواس کی بدولت اسے دستیاب ہوتے تھے اور اس طرح وہ آمدنی جو لوگوں کی فلاح و بہبود پر صرف ہوسکتی تھی، صرف اس کی عیّاشی کی نذر ہو رہی تھی۔ ماسٹر صرف ہوائی قلعے بنا سکتا تھا۔ اس کے دل میں بھی میری طرح کچھ کرنے کا جوش اور ارمان تو تھا مگر کچھ بھی کر سکنے سے لاچار تھا۔ یُونہی وقت نکلتا گیا۔ مَیں نے دل میں سوچا کہ اس دفعہ جب واپس جاؤں گا تو اپنے معتقدوں سے کچھ چندہ اکٹھا کر کے لاؤں گا اور پَس ماندہ لوگوں کے لیے کچھ کروں گا۔

برسات شروع ہو گئی اور خوب موسلا دھار بارشیں پڑیں۔ بنیے نے میری جھونپڑی کی چھت پر ایک ترپال ڈلوا دی۔ ایک دن سامنے کے پہاڑ کا ایک بہت بڑا ٹکڑا شور کرتا ہوا نیچے وادی میں کھیتوں کو پتھروں سے بھرتا ہُوا دھڑام سے دریا میں جا گرا۔ مندر میں پرارتھنائیں ہونے لگیں۔ قُربانی دی گئی کہ بارش بند ہو۔ بنیا، کاردار، ماسٹر اور دوسرے لوگ میرے پاس آئے اور کہنے لگے کہ مَیں بھی پرارتھنا کروں کہ ایشور اُن کے گاؤں کو محفوظ رکھے۔ ماسٹر کا خیال تھا کہ ہماری طرف کا پہاڑ گھنے جنگل کی وجہ سے بچا ہوا ہے۔ ورنہ اتنی بارشوں سے اِدھر بھی پہاڑ

ٹوٹ جاتا۔ سامنے کے پہاڑ کے درخت ایک ایک کر کے کٹ گئے تھے۔ مٹی بارش اور طوفان سے بہہ گئی تھی۔ چٹانیں اُکھڑ گئیں اور بھیانک نتیجہ سامنے تھا۔ مَیں نے مشورہ دیا کہ اِن حالات میں تو جنگل کاٹنے کی بجائے اور درخت لگانے چاہئیں۔ جب موسم کافی سرد ہو گیا تو مَیں اُن سب کو اگلے سال پھر آنے کا وعدہ دے کر واپس میدانوں میں آ گیا۔

اس سال جب مَیں ماہِ جون میں وہاں گیا تو سب کیفیت بدلی ہوئی پائی۔ جنگل نیست و نابود، جھونپڑی کا نام و نشان گم، چشمہ ایک کیچڑ کا گڑھا، اور جگہ جگہ کٹے ہوئے درختوں کے ٹھونٹھ نظر آ رہے تھے۔ مجھے اپنا بہشت لٹتا ہُوا نظر آیا۔ مَیں آرام کی خاطر بیٹھ گیا۔ بنیے کے کان تک بات پہنچی کہ سادھو بابا آئے ہوئے ہیں۔ وہ فوراً آیا اور کہنے لگا "مہاراج جنگل تو کٹ گیا۔ جھونپڑی ٹوٹ گئی، آپ غریب کی کُٹیا پر پدھاریں۔" میں ساتھ ہو لیا۔ دیکھا کہ اس سال مکان پر نیا روغن ہُوا تھا اور نئی کھڑکیاں بن گئی تھیں۔ دُکان پر تازہ مال آ گیا تھا۔ کمروں میں صوفے، ریڈیو اور کئی آرائش کی چیزیں نظر آ رہی تھیں۔ سیٹھانی نے نئی عینک لگوالی تھی۔ سواری کے لیے جیپ آ گئی تھی۔ میں حیران تھا کہ چند مہینوں میں یہ کیا کایا پلٹ ہو گئی۔ مجھے حیران دیکھ کر بنیا بولا "مہاراج یہ سب آپ کے آشیرواد کا پُن پرتاپ ہے۔ آپ کے یہاں آنے پر میری تو قسمت کھُل گئی۔ اِس سال آپ کو کسی اور جگہ جانے کی ضرورت نہیں۔ میرے پاس ہی ٹھہریے گا۔"

"جنگل کس نے کاٹ ڈالا اور میری جھونپڑی کا کیا ہُوا؟" مَیں نے دریافت کیا۔

"مہاراج! جنگل دیوتا کے نام پر تھا، وہ مَیں نے مندر کے کاردار سے خرید لیا اور تمام درختوں کی شہتیریاں بنا کر میدانوں میں بیچ ڈالیں۔ مجھے کئی لاکھ کا منافع ہُوا ہے۔"

بنیے کا جواب سُن کر میرا دل بہت اُداس ہوا۔ مَیں بنیے سے پھر ملنے کا وعدہ

کہہ کے گاؤں میں گیا۔ راستہ میں کاردار ملا۔ کہنے لگا ”بھگون آپ کی کرپا سے گھر بنایا ہے، پرسوں مہورت ہے، ضرور تشریف لائیے گا۔“ میں نے سوچا، میرا اچھا آشیرواد ہے کہ بنیے اور کاردار کے نئے گھر بن گئے اور اپنا جھونپڑا بھی اُجڑ گیا۔ میں گاؤں میں ماسٹر سے ملا اور اُس سے پوچھا کہ یہ سب کیا ہو گیا اور اس نے بتایا کہ میرے جانے کے بعد بنیے اور کاردار میں سازباز ہوئی۔ مقامی جنگل کا راکھا بھی ساتھ مل گیا اور جنگل بنیے کو فروخت کر دیا گیا۔ کاغذات پر رقم کم لکھی گئی مگر کاردار نے اُس سے کہیں زیادہ روپیہ وصول کیا تاکہ بیشی کی رقم کاردار اپنے لیے رکھ سکے۔ گاؤں کے لوگوں کو جو کہ بیشتر اَن پڑھ ہیں، یہ بتایا کہ دیوتا نے جنگل کاٹنے کی منظوری دے دی ہے اور انھیں دو چار دن ضیافتیں کھلا کر اُن کی رضامندی حاصل کر لی گئی، جس کی بنا پر افسرانِ علاقہ نے بھی فروخت پر اپنی مہر ثبت کر دی۔ ہاتھوں ہاتھ درختوں پر نشان ہو گئے۔ مزدور لگ گئے اور لکڑی کاٹ کاٹ کر دریا میں ڈال دی گئی۔ بنیے کو بہت منافع ہوا ہے اور کاردار نے نیا مکان بنا لیا ہے۔“ میں نے پوچھا ”لیکن دیوتا نے منظوری کس طرح دے دی؟“

ماسٹر بولا ”یہاں کے بھولے بھالے لوگوں کی معاشی، اقتصادی اور سماجی زندگی کا ایک ہی تو محور ہے۔ گاؤں کا دیوتا۔ یہ دیوتا یا تو کسی زمانے کا رشی منی تھا، یا کوئی پورانک ہستی، جس کے نام پر گاؤں میں زمین تھی اور مندر تھا۔ لوگوں کو اس پر اٹوٹ وشواس تھا۔ ہر مصیبت میں یا کسی بھی دشوار کام میں اسے ہی یاد کیا جاتا۔ دیوتا کے ڈر سے لوگوں میں جرائم بہت کم تھے۔ ایمانداری بہت تھی اور قسمت پر وشواس تھا۔ دیوتا کا ایک چیلا ہوتا تھا جسے گور کہتے تھے۔ اِسے خاص نشانیوں سے بچپن میں ہی پہچان لیا جاتا تھا۔ اِسے بال رکھنے پڑتے تھے۔ یہ سگریٹ، شراب، تمباکو وغیرہ نہ پی سکتا تھا۔ اس کے ذریعے ہی دیوتا لوگوں سے بات کرتا اور لوگوں کی عرض داشتیں سُنتا تھا۔ اس گاؤں کے دیوتا کا گور ایک معمولی پڑھا لکھا اور بھلا مانس آدمی تھا۔ سال میں

۲۵

ایک بار میلہ ہوتا اور دیوتا کا رتھ باجے گاجے کے ساتھ مندر سے نکالا جاتا اور ایک خاص چبوترے پر بٹھایا جاتا۔ ایک جنگلی بوٹی بڑی بڑی دھوپ دانیوں میں سلگائی جاتی جس کی خوشبو بہت خوشگوار ہوتی۔ گوُر اپنا مخصوص لباس پہن کر ایک زنجیر سے اپنے جسم کو پیٹتا اور اونچی آواز میں ایک غیر مانوس بولی میں زور زور سے کچھ بولتا اور لوگ مقامی زبان میں عرض داشت کرتے جو زیادہ تر گاؤں کی یا اُن کی بہتری سے تعلق رکھتی۔ گوُر اس کا جواب دیوتا کی طرف سے دیتا اور آفت ٹالنے یا بارش لانے کی ترکیب بھی بتاتا۔ گوُر لوگوں کے ذاتی مسائل بھی حل کرتا۔ ایک کٹوری میں سے کچھ چاول لے کر پوچھنے والے کی ہتھیلی پر رکھتا اور انھیں پرکھتا کہ یہ تعداد میں کتنے ہیں اور آیا جفت ہیں یا طاق۔ اِس سے حساب لگا کر لوگوں کے نجی سوالات کے جواب دیتا۔ کاردار جو کہ ایک کائیاں شخص تھا، اُسی موقعہ کی تاک میں تھا کہ کب وہ گوُر کے ذریعے جنگل کی فروخت پر دیوتا کی مہر ثبت کروائے۔ وہ موقعہ بھی اُسے جلد ہی مل گیا۔ باقاعدہ گوُر کچھ عرصہ کے لیے کہیں کام پر گیا اور اس کی جگہ ایک مقامی لڑکا جو کہ گوُر کی تمام شخصی صفات کا حامل تھا، کام کرنے لگا۔ کاردار نے اسے گانٹھ لیا۔ دیوتا سے اس کے ذریعے عرض داشت کی گئی۔ ایک لوٹے میں پانی بھرا گیا پھر اس میں کچھ پھول، چاول اور دیگر پوجا کی اشیا ڈال دی گئیں۔ پھول سطحِ آب سے اُوپر ہو کر باہر آ گئے۔ اسے نیک شگن اور دیوتا کی منظوری سمجھا گیا۔

میں واپس بنیے کی دُکان پر آ با۔ اس نے پھر گھر پر ٹھہرنے کی درخواست کی۔ تمام پریوار نے مجھے پہنچا ہوا سادھو سمجھ کر میرے پاؤں چھوئے۔ مگر میرا دل تو اچاٹ ہو گیا تھا۔ میں بنیے سے پیچھا چھڑا کر یہ سوچتا ہوا واپس روانہ ہو گیا کہ بنیا اور کاردار اپنی خوش نصیبی کو میرے آشیرواد کی دین سمجھتے ہیں اور میں سمجھتا ہوں کہ میرا سورگ انھوں نے اُجاڑ دیا

۲۶

اور اُن لوگوں کو کیا کہوں جنھیں یہ پتہ نہیں کہ اُن کا حصّہ کون کھا رہا ہے
اور ان کی بہتری کس بات میں ہے۔"

بابا جی نے تمام کہانی سُنا کر پوچھا۔ "بھلا تم ہی بتاؤ ان حالات
میں مجھے وہاں بھگتی کر کے کیا ذہنی سکون ملتا؟"

۲۷

لوٹا

آشا نے کہا دروازے کی دہلیز کے اندر ایک پڑیا ملی ہے۔ اس میں راکھ جیسی کوئی سفید چیز ہے۔ میں نے کل صبح کمروں میں جھاڑو لگایا تھا تو ایسی کوئی چیز نظر نہیں آئی تھی۔ ہم نے کچھ دن پہلے ہی تو اس نئے مکان میں ہوَن کروا کر پرویش کیا ہے۔ لگتا ہے یہ کسی نے ٹونا کیا ہے۔ رمیش نے پڑیا کی راکھ کو مسلا اور سونگھا بھی۔ آشا نے کہا اِسے مت سونگھو۔ پتہ نہیں کس چیز کی راکھ ہے! کسی موئے نے یہاں پھینکی ہے۔ ضرور کوئی اس بات سے جلتا ہے کہ ہم نے نیا مکان بنا لیا ہے۔ یہ کہتے کہتے اُس کا مُنہ لال ہو گیا اور آنکھوں میں آنسو آ گئے۔ رمیش نے کہا پڑیا اپنے رشتہ داروں یا پڑوسیوں کو دکھا لیتے ہیں مگر آشا نے انکار کیا اور کہا کہ شور مچ جائے گا۔ یہ بھی ہو سکتا ہے کہ اُن میں سے ہی کسی کی کارستانی ہو۔ وہ فکرمندانہ لہجہ میں بولی کہ اس کی دادی بتاتی تھی کہ جادو کرنے والے لوگ نئے مکان بنتے وقت تاک میں رہتے ہیں کیونکہ بنیاد کھودنے کے

وقت سے لے کر مکان میں رہائش شروع کرنے کے وقت تک جادو چل سکتا ہے۔ منتر پھونک کر جادو کی چیزیں مثلاً کیلیں، کالے تاگے، بال، اُلّو کے جسم کے حصّے، ناخون، مُردوں کی ہڈیاں، شمشان کی راکھ اور جانے کیا کیا اُلٹ سُلٹ چیزیں ہیں جو یہ لوگ استعمال کرتے ہیں۔ بنیاد کھودنے کے وقت وہ لوگ انھیں زمین میں گاڑ دیتے ہیں۔ دیواروں کی چُنائی کے وقت پتھروں کے درمیان اور کھڑکیاں دروازے نصب کرتے وقت اُن کے اور دیوار کے درمیان یہ چیزیں رکھتے ہیں اور جب مکان مکمل ہو گیا تو داخلے سے پہلے یا فوراً بعد بھی جادو کرتے ہیں، تاکہ رہنے والوں کو نئے مکان میں چین نہ ملے۔ اِس سب کے توڑ کے لیے ہی تو پنڈت لوگ پاٹھ اور ہَوَن کرتے ہیں اور مکان کے چاروں طرف منتر پھونکی ہوئی سُوت کی ڈوری باندھی جاتی ہے۔ رمیش نے کہا ہم نے پوجا اور ہَوَن تو کروایا ہے۔ اِس لیے کوئی جادو کسی نے کیا بھی ہو تو اُس کا اثر نہیں ہوگا۔ مگر آشا کی تسلّی نہ ہوئی۔ اسے پھر کچھ واقعے یاد آئے جو اس کی دادی نے سُنائے تھے۔ اس نے رمیش کو کہا کہ تیس چالیس سال کی بات ہے کہ اُس کے مائیکے والوں کے پڑوس میں چودھریوں کا ایک خوش حال خاندان رہتا تھا۔ دادا، دادی، بیٹے بیٹیاں، پوتے پوتیاں بھرا پُرا گھر تھا۔ بد بختی کا ایک ایسا دَور آیا کہ یکے بعد دیگرے کئی بیٹے بیٹیاں ایک موذی مرض کا شکار ہو گئے۔ علاج معالجے کا کوئی اثر نہ ہوتا تھا۔ پاٹھ ہَوَن کروائے گئے اور تانترک بھی بلائے گئے۔ آخر ایک پرسدھ دیوتا کے چیلے نے وہ جگہ کھوج نکالی جہاں جادو کی اشیا رکھی گئی تھیں۔ ایک دیوار کو گہرا کھودا گیا تو وہاں سے بال، ہڈیاں، کالی ڈوری، اور ایک کاغذ پر لکھا ہوا جنتر برآمد ہوا۔ چیلے نے ان پر اپنا عمل کیا۔ انھیں جلا دیا۔ جوتیوں سے پیٹا اور راکھ کو دریا میں بہا دیا۔ اس کے بعد اُس گھرانے کے دن پھر سے پھرے۔ اسی طرح ایک گھر میں ایسی قضا اُن کے مویشی خانے پر نازل رہتی تھی۔ ہر سال

بھینس، گائے یا بھیڑ بکری کا نقصان ہوتا یا کم از کم دودھ دینے والا مویشی بلا وجہ خشک ہو جاتا۔ ان لوگوں نے بھی تنگ آ کر ایک چیلے کا سہارا لیا۔ چیلے نے تنتر منتر سے مویشی خانہ سے جادو نکال دیا اور تب بھینس، گائیں اور بھیڑ بکریاں لمبی عمر پانے لگیں۔

آشا نے مشورہ دیا کہ ہمیں بھی فلاں تانترک کو یہ پُڑیا دِکھانی چاہیے۔ وہ فوراً بتا دیتا ہے کہ یہ کیا شے ہے، کس نے رکھی ہے اور اُس نے ٹونا کیوں کیا ہے۔ اُسی شام وہ کسی کو بغیر بتائے تانترک کے پاس گئے اور آنے کا سبب بتایا۔ تانترک نے پُڑیا کو دیکھا۔ اپنے عمل کرنے کی جگہ پر لوبان جلایا۔ ایک ہاتھ میں مورچھل لے کر پُڑیا پر ہلانے لگا۔ تھوڑی دیر میں ایسے لگا جیسے وہ جلال میں آگیا ہو اور اَن بوجھی زبان میں کچھ بڑ بڑانے لگا۔ پھر اپنے آپ میں آ کر مقامی بھاشا میں بولا کہ کسی گھر کے ہی دُشمن نے شمشان کی راکھ پُڑیا میں ڈال کر پھینکی ہے۔ بڑا سخت جادو ہے۔ آفت آ سکتی ہے۔ اس کا اُپائے کرنا ہوگا۔ اُپائے پوچھے جانے پر اس نے کہا " رات کے وقت شمشان پر جا کر خاص قسم کی پوجا کرنی پڑے گی جس کے لیے مٹی کے برتنوں، تیل، دیا، مُرغ، چاول اور دیگر چیزوں کا بندوبست کرنا ہوگا۔ کُل خرچ چار پانچ سو روپے تک کا ہو سکتا ہے۔" اس نے یہ بھی بتایا کہ جلد ہی اماوس کی رات آنے والی ہے اور اگر یہ عمل اُسی رات کو کریں گے تو زیادہ اثر ہوگا۔ آشا اور رمیش نے کہا کہ اُن کا بیٹا آج باہر گیا ہوا ہے۔ وہ کل تک واپس آ جائے گا تو اُس سے مشورہ کے بعد پتہ دیں گے۔ انھوں نے تانترک کو گیارہ روپے دیے۔ پُڑیا اُٹھائی اور رخصت لی۔ پُڑیا کو گھر کے باہر پتھر کے نیچے دبا دیا۔

اِس چھوٹے سے واقعے اُن دونوں کی خوشیوں پر جو اُنھیں

نئے مکان اور اس میں آنے سے ہوئی تھی، پانی پڑ گیا۔ رات بھر دونوں میاں بیوی چنتاؤں میں ڈوبے رہے۔ سوچتے رہے کہ کس دشمن کا کام ہو گا۔ تمام رشتہ دار، دوست، دشمن گن ڈالے۔ کبھی کسی پر شک بنتا، کبھی کسی پر۔ پھر سوچا کہ ہم نے تو کسی کا برا نہیں کیا پھر کون ہم سے بدلا لے رہا ہے یا کوئی حسد کے مارے عادتاً ایسا کر رہا ہے۔ اسی دبدھا میں سو گئے۔ دونوں نے برے برے خواب دیکھے اور صبح کے پہر بستر پر پڑے پڑے ایک دوسرے کو اپنے اپنے خواب سنانے لگے۔ ان کے دل دھڑک رہے تھے اور خوف سے پسینہ بھی آ گیا تھا۔ صبح اٹھے تو جسم اور دماغ دونوں تھکے تھکے اور بشاشت اور خوشی غائب تھے۔ رمیش تو دفتر چلا گیا اور آشا نے تمام دن گھبراہٹ میں صرف کیا۔

شام کو ان کا لڑکا آشیش واپس آ گیا تو دونوں نے اسے اپنی بیتا سنائی اور تانترک کی اپائے کی سکیم بھی بتائی۔ آشیش نے کہا کہ ذرا وہ پڑیا مجھے بھی دکھاؤ۔ آشا پتھر کے نیچے سے پڑیا نکال لائی۔ آشیش نے پڑیا دیکھی اور کھولی اور ایک بڑے زور کا قہقہہ لگایا۔ دونوں حیران ہوئے کہ ہماری تو جان نکل رہی ہے اور یہ ہنس رہا ہے۔ پوچھا تو آشیش نے کہا کہ "میں ہنسوں نہیں تو اور کیا کروں۔ آپ کو یاد ہو گا کہ میں دسہری آموں کی ایک پیٹی لایا تھا۔ وہ دو تین دن تو دروازے کے قریب رکھی رہی۔ کل دن کو جب آم ختم ہو گئے تو یہ پڑیا اس میں سے نکلی۔ پیٹی تو میں نے اسٹور میں رکھ دی، مگر پڑیا پھینکنا بھول گیا جو آج ماتا جی کے ہاتھ آ گئی۔ اس پڑیا میں آم پکانے کا مصالحہ ہے۔"

تینوں خوب ہنسے۔ رمیش نے کہا کہ وہم کیا کیا خیالی بھوت اور آفات آنکھوں کے سامنے لا کھڑا کرتا ہے اور ہم اُن سے بچنے کے لیے کیا کیا کرنے کے لیے تیار ہو جاتے ہیں۔

۳۴

امانت

شہر کے نواح میں ایک بہت اونچی اور وسیع پتھروں کی قلعہ نُما عمارت ہے۔ کسی وقت یہاں کے راجگان کی رہائش اِسی میں تھی۔ اس میں تہ خانے، رہنے کے کمرے، رسوئی گھر اور نوکروں کی رہائش کے لیے کھڑکیاں تھیں۔

انگریزوں کے قبضہ میں آنے کے بعد اِس عمارت کے ایک حصّہ میں دفاتر اور ایک حصّہ میں ریسٹ ہاؤس بنا دیا گیا۔ دونوں حصّوں کے چوکیدار جُدا جُدا تھے۔ ریسٹ ہاؤس کا چوکیدار تھا کریم بخش اور دفتر کا راما نند۔ اوّل الذکر مسلمان تھا اور دوسرا براہمن ہندو۔ دونوں کے پاس نوکروں کی رہائش والے دو دو کمرے تھے جہاں وہ اپنے بال بچّوں کے ہمراہ رہتے۔ ضرورت پڑنے پر وہ ایک دوسرے کی جگہ ڈیوٹی بھی دے دیتے اور نجی زندگی میں اچھے پڑوسیوں کی طرح رہتے مگر راما نند اور اس کا کنبہ مانش نہیں کھاتا تھا جب کہ کریم بخش کو اس سے پرہیز

نہ تھا اور اس نے کچھ مُرغیاں بھی پال رکھی تھیں۔

اگست ۱۹۴۷ء آ گیا اور کریم بخش نے فیصلہ کیا کہ وہ پاکستان چلا جائے گا۔ اُس نے ضروری سامان باندھ لیا۔ غیر ضروری سامان، کچھ پُرانی ٹوٹی کُرسیاں، ایک میز، جلانے کی لکڑی، بان کی چارپائی وغیرہ وغیرہ وہیں چھوڑ دیں۔ جلدی میں مُرغیاں بمعہ ڈربہ بھی چھوڑنی پڑیں۔ جاتے وقت وہ رامانند کے گلے ملا۔ دونوں نے آنسو بہائے۔ کریم بخش نے کہا ”رامانند بھائی، پتہ نہیں اب کب ملنا ہو۔ سامان آپ استعمال کر لینا۔ مُرغیاں آپ کھاتے نہیں، انھیں دانہ پانی دیتے رہنا۔ میں پاکستان پہنچ کر خط لکھوں گا۔ انھیں بیچ کر مجھے رقم منی آرڈر سے بھیج دینا۔“ کریم بخش چلا گیا۔ رامانند روز مرغیوں کو پانی پلا دیتا۔ بچی ہوئی روٹی اور کچھ دانا انھیں کھلا دیتا اور کریم بخش کی چھٹی کا انتظار کرتا۔ کچھ عرصے بعد کریم بخش کی جگہ نیا چوکیدار آ گیا۔ وہ ماش خور تھا۔ وہ رامانند کو کہنے لگا کہ کریم بخش کی چھوڑی ہوئی مُرغیاں اسے دے دے کیونکہ کریم بخش کیا پتہ کہاں ہے اور اس کا خط آئے گا بھی کہ نہیں۔ مگر رامانند راضی نہ ہوتا۔ وہ امانت میں خیانت ایک پاپ سمجھتا تھا۔ ایک دن ایک افسر ریسٹ ہاؤس میں آیا۔ نئے چوکیدار نے اس سے شکایت کی کہ رامانند کے پاس کریم بخش کا سامان اور مُرغیاں ہیں جو کہ اب ایک نِکاسی کی جائیداد ہے۔ افسر نے رامانند کو بلا کر دھمکایا کہ تُم ایک نِکاسی کی جائیداد پر قبضہ کیسے بیٹھے ہو۔ رامانند نے ہاتھ جوڑ کر عرض کی کہ جناب یہ سامان کریم بخش خود اس کی تحویل میں چھوڑ گیا ہے۔ مُرغیوں کو روز وہ دانا پانی دیتا ہے اور جب کریم بخش کا خط آئے گا تو وہ انھیں بیچ کر رقم کو بذریعہ منی آرڈر بھیج دے گا۔ مگر صاحب نہ مانا اور کہا کہ یہ جائیداد سرکار کے پاس ہی جمع ہونی چاہیے۔ سرکار خود کریم بخش کی حق رسی کر دے گی۔ کچھ ہی دنوں میں رامانند کو نکاسی جائیداد کے افسر کی طرف سے حکم آیا کہ وہ تمام سامان جو کریم بخش چھوڑ گیا ہے اور مرغیاں بھی سرکاری تحویل میں جمع کرائے۔

رامانند تمام سامان تحصیل کے مال خانہ میں جمع کروا آیا۔ مگر اس کی سمجھ میں یہ بات نہ آئی کہ سرکار کی طرف سے مرغیوں کو کون پالے گا، دانہ بھی دے گا اور کریم بخش کے خط آنے پر انھیں بیچ کر رقم بھی بھیجے گا۔ مگر اسے یہ تسلی ضرور تھی کہ اس نے امانت میں کوئی خیانت نہیں کی تھی۔

آئینے زندگی کے (افسانے)

بہاری لال بہار شملوی

برھم بھوت

پہاڑوں میں بھوت پریت، چڑیل، یکھشنی (جچھنی) جوگنی، راکشش اور کئی بد ارواح کی دنت کتھائیں مروج ہیں۔ ہم بچپن میں ان کی کہانیاں بڑی بوڑھیوں سے سُنا کرتے۔ سردیوں میں راتیں لمبی ہوتیں اور کمرے میں انگیٹھی سُلگتی تو ہماری اماں اور تائی سب کو کھانا کھلا کر آگ تاپتیں اور اُون کاتتیں۔ ہمیں ابھی نیند نہ آئی ہوتی اور ان سے کہانی سُنانے کا اصرار کرتے۔ ان کہانیوں میں ٹُنڈی بھوت، کانا راکشش، اُلٹے پاؤں والی چڑیل ان سب کی کہانیاں شامل ہوتیں۔ ہمیں انھیں سُن کر جہاں مزہ آتا وہاں ڈر بھی لگتا۔ اسکول میں ہمارے ساتھی بھی جھوٹے سچے واقعات سُناتے، جن میں بھوت پریت کا ذکر ہوتا۔ اس بات پر سب متفق تھے کہ اِس علاقے میں بداہ اور کالا جاٹرو کے مقام پر رات کو مسافروں کو بھوت ملتے ہیں اور اس بارے میں بہت سے اشخاص کا تجربہ بھی بیان کیا جاتا۔ رام گڑھ کے رئیس کا بھی ذکر آتا جس کا گھوڑا

دریا کے پُل پر کوئی بدروح دیکھ کر بدک گیا تھا۔ گیٹھو راکششوں کے متعلق تو سب کہتے کہ انھوں نے اُن کو رات کو پہاڑ پر چلتے دیکھا ہے۔ اس بات کی تصدیق تو میں بھی کرتا ہوں کہ مجھے بھی رات میں مشرق اور مغرب کے دونوں پہاڑوں پر روشنیاں جلتی ہوئی دکھائی دیتی تھیں۔ یہ کبھی گُل ہو جاتیں اور کبھی روشن ہو جاتیں۔ ہماری تائی بتاتی کہ ان راکششوں کے سروں پر آگ کی انگیٹھیاں ہوتی ہیں اور یہ ہوا میں ناچتے ہیں۔ جب کبھی ایسی روشنیاں نظر آتیں ہمیں فوراً کواڑ بند کر کے اندر آنے کے لیے کہا جاتا۔ ہمارے گاؤں کے دو راستے تھے۔ ایک قبرستان کے پاس سے گزرتا تھا تو دوسرا شمشان کے قریب سے۔ اندھیرا ہونے کے بعد اِن راستوں سے گھر آنا دل گُردے کا کام تھا۔ مگر لوگ باگ باامرِ مجبوری تو کام کاج سے جاتے ہی تھے۔ ایک خبر گرم ہوئی کہ مایا داس دُکاندار بڑی رات گئے قبرستان والی سڑک سے گھر واپس آ رہا تھا تو ایک اونچے گھنے درخت کے نیچے سے گذرتے ہوئے اُس کے سر پر کنکروں کی طرح کی بوچھاڑ دو تین بار پڑی۔ وہ ڈر کر رام نام کا جاپ کرتا ہوا ہانپتا کانپتا گھر پہنچا۔ پھر یہ بھی پتہ لگا کہ یہ کسی منچلے نوجوان کی شرارت تھی جسے معلوم تھا کہ مایا داس اتنی رات گئے اپنی معشوقہ کے گھر سے واپس آتا تھا۔ ان حالات میں مجھے کبھی ان کہانیوں پر اعتبار آجاتا اور کبھی میں انھیں جھوٹ سمجھتا۔

جب میں چھٹی جماعت میں تھا تو ہمارے گھر میں ایک نوکر رکھا گیا۔ اُس کا گھر اُونچے پہاڑوں میں تھا۔ باپ کا سایہ سر سے اُٹھ چکا تھا اور ماں اسے پالنے اور تعلیم دینے سے معذور تھی کیونکہ اس کے اور بھائی بہن بھی تھے۔ اس کا نام بھیم داس تھا۔ اس کی عمر گیارہ سال تھی یعنی کہ تقریباً میرا ہم عمر تھا۔ اس وجہ سے ہم جلد ہی گھُل مِل گئے۔ مجھ میں اور اس میں دوستی کا رشتہ، مالک اور

نوکر کے رشتہ سے زیادہ پختہ ہوگیا۔ ہم آپس میں کھیلتے، جھگڑتے اور کہانیاں سُناتے۔

ہمارے مکان کے پچھواڑے ایک کنُواں تھا اور کنُویں کے ساتھ خالی جگہ تھی جس میں سبزیاں اُگائی جاتیں۔ کچھ سیب کے درخت بھی لگا رکھے تھے۔ ایک درخت کے نیچے برتن صاف کرنے کے لیے پتھروں کا چھوٹا سا چبوترہ بنایا گیا تھا۔ یہیں بیٹھ کر بھیم داس دونوں وقت برتن دھوتا تھا اور جب مستی میں ہوتا تو اپنے علاقہ کے لوک گیت بھی گاتا۔ مَیں بھی اگر کبھی اُس وقت موجود ہوتا تو اُسے کنُویں سے پانی نکال کر دیتا۔ ایک دن حسبِ معمول بھیم داس صبح کے کھانے کے برتن صاف کر رہا تھا اور مَیں قریب ہی سبزیوں کی کیاریوں میں پانی ڈال رہا تھا کہ اچانک بھیم داس اپنی جگہ سے اُچھلا اور سیب کی ایک ڈال سے جو اُس سے چار پانچ فٹ اونچی تھی، لٹک گیا۔ ڈال کمزور تھی۔ اس کے وزن سے ٹوٹ گئی، اور وہ زمین پر گر گیا۔ مَیں نے اسے جا کر پوچھنا چاہا کہ اُس نے یہ کیا کیا ہے مگر بھیم داس تو بالکل خاموش مُنہ کے بل پڑا ہوا تھا۔ ہلانے جُلانے سے بھی کچھ نہ بولا۔ تب مَیں نے سمجھا کہ گرنے سے شاید بے ہوش ہوگیا ہے۔ مَیں دَوڑ کر ماں کو بُلا لایا۔ انھوں نے بھی دیکھا۔ پانی کے چھینٹے دِیے مگر کوئی اثر نہ ہُوا۔ مجبُوراً والد صاحب کو بھی خبر دی۔ اُنھوں نے اسے اٹھوا کر برآمدہ میں ایک چارپائی پر ڈلوایا اور اس کے ہاتھ پیر ملنے لگے۔ ایک آدمی کو کہا کہ وہ ویدجی کو بُلا لائے۔ ویدجی آئے، نبض دیکھی، کچھ سونگھایا۔ کافی دیر کے بعد بھیم داس کو ہوش آیا تو وہ رونے لگا۔ اُس سے پوچھا کہ کیا ہُوا ہے تو وہ کہنے لگا کہ اسے ایک بے سر کا آدمی دکھائی دیا۔ جس کے ایک ہاتھ میں کھانڈا تھا اور دوسرا کمر میں کھپر۔ وہ کہتا تھا کہ میں تیرا خون پیوں گا۔ مَیں اُس سے ڈر کر بھاگا تھا اور چاہتا تھا کہ درخت پر چڑھ جاؤں۔ پھر مجھے ہوش نہ رہا۔ ویدجی نے کہا کہ اسے کسی پریت آتما کی جھپٹ

لگی ہے۔ اِس لیے اِسے دوائی سے اثر نہ ہوگا، بلکہ اِسے کسی تانترک کو دکھاؤ۔
کچھ دن کے بعد بھیم داس پھر پہلے کی طرح ٹھیک ٹھاک ہوگیا اور ہم اُس واقعہ کو تقریباً بھول سے گئے۔ ایک دن اچانک پھر بھیم داس پر اُسی قسم کا دورہ پڑا۔ اس بار وہ آنگن میں تھا۔ والد صاحب نے مجھے کہا کہ فلاں پنڈت کو جو منتر تنتر بھی جانتا ہے اِسی وقت میری طرف سے جاکر درخواست کرو کہ وہ فوراً آجائیں۔ پنڈت جی نے سرسری طور پر واقعات پوچھے اور میرے ساتھ آگئے۔ گھر پہنچ کر انھوں نے کہا کہ بھیم داس کو اٹھا کر گھر کے اندر لے آؤ۔ کمرے کے اندر انھوں نے چوکا ڈلوایا۔ اُس پر ایک دیا جلایا۔ زمین پر آٹے، ہلدی اور گیرو سے کئی قسم کے نقش بنائے۔ چاول، سرسوں، لال مرچ، گوگل دھوپ وغیرہ کئی اشیا منگوائیں۔ پانی کا بھرا ہوا لوٹا اور کھلا چاقو بھی اُن نقوش کے قریب رکھا۔ پھر کچھ پوُجا کرنے کے بعد منتر پڑھے اور مور چھل سے بھیم داس پر چڑھی روح کو جھاڑنے لگے۔ یہ عمل تھوڑی دیر چلتا رہا اور پھر انھوں نے بھیم داس سے سوال کیا "تم کون ہو؟"

بھیم داس نے بحالت بے ہوشی جواب دیا "مَیں برہم بھوت ہوں"

"کہاں سے آئے ہو؟"

"مَیں اِس کے گاؤں سے آیا ہوں"

"کیسے جاؤگے؟"

"مَیں اس کی قربانی لوں گا"

یہ سوال جواب پنڈت جی اور بھیم داس پر چڑھے ہوئے بھوت کے کے درمیان ہوئے۔ پنڈت جی نے تب والد صاحب سے کہا ایک بکرا یا مرغا بھیم داس پر سے نچھاور کر کے بلی دینی پڑے گی مگر میرے والد صاحب جو وشنومت میں یقین رکھتے تھے بولے کہ پنڈت جی یہ تو ہم نہیں کرسکتے پنڈت جی

نے بے ہوش بھیم داس سے پھر پوچھا کہ مُرغے یا بکرے کی بلی تو نہیں دی جاسکتی اگر جو کے آٹے کے پیڑے نچھاور کیے جائیں تو کیا مان لوگے۔ بھیم داس کی زبان سے بدروح نے ہاں کہی۔ پنڈت جی نے جو کے آٹے کے گول گول پیڑے بنائے اور ان پر کالے نشان لگائے۔ پھر منتر پڑھے اور بھیم داس کے اُوپر سے نچھاور کرکے باہر پھینک دیے۔ اس کے بعد پانی کے لوٹے میں جا تو گھمایا اور بھیم داس کو چھینٹے دیے۔ تھوڑی دیر میں بھیم داس ہوش میں آگیا اور زور زور سے رونے لگا۔ اس سے جب پوچھا گیا کہ کیا ہوا تھا تو اس نے پھر اپنا تجربہ بیان کیا کہ اسے وہی بے سروالا قوی ہیکل ہیولا پھر نظر آیا تھا اور وہ اسے اسی طور ڈرا رہا تھا۔ مگر اِس بار ایک سفید لباس میں ملبوس ریش دراز شخص اس کی حفاظت کر رہا تھا اور اس بے سر کے بھوت سے کہہ رہا تھا کہ میں تجھے گھر کے اندر قدم نہیں رکھنے دوں گا۔ پنڈت جی نے کہا کہ یہ سفید پوش ریش دراز شخص بستی کا دیوتا تھا جو گھر کے اندر مکمل طور پر طاقت ور تھا۔ اِس لیے اِس لڑکے کو فی الحال گھر سے باہر نہ نکلنے دیں۔

کچھ دن تک بھیم داس پھر ٹھیک رہا مگر اسے کبھی کبھار پھر وہی کچھ نظر آنے لگتا۔ والد صاحب فوراً اسے گھر کے اندر اٹھوالاتے اور خود ہی اس کی چوٹی پکڑ کر پنڈت جی کا بتایا ہوا منتر پڑھتے۔ بھیم داس کچھ دیر میں ٹھیک ہو جاتا مگر یہ حالت بہت دن قائم نہ رہتی۔ بھیم داس کی ماں کو بُلا کر تمام حالات بتائے گئے اور اسے کہا گیا کہ ہم تو بہت زور لگا چکے اب وہ دیکھ لے کہ کیا علاج کرنا ہے۔ بھیم داس کی ماں نے بتایا کہ ایک بار جب وہ بچپن میں ڈنگر چرانے گیا ہوا تھا تو اسے ویرانے میں ایک بہت بڑا ایک (سُرا گائے) دِکھائی دیا تھا، جو بھیم داس کے مطابق زمین سے آسمان تک تھا۔ اس سے ڈر کر وہ دوڑا دوڑا گھر آیا تھا اور بے ہوش ہو گیا تھا۔ شاید وہی بدرُوح اب بھی تنگ کر رہی ہو۔ میں اس کا علاج لاماؤں سے کراؤں گی، جو اُس بدروح کو کیل دیں گے۔ اس طرح بھیم داس ہم سے رخصت ہوا۔

۴۲

بہت سالوں کے بعد جب بھیم داس ہمیں ملا تو وہ جوان ہو چکا تھا۔ اس نے بتایا کہ لاماؤں نے بہت عرصہ تک اس پر تنتر منتر کیا تھا۔ کئی راتوں تک پاٹھ چلے تھے اور قربانی بھی دی گئی تھی اور آخر کار اُس کا اُس بد روح سے چھٹکارا ہو گیا تھا۔

میں اب بھی سوچتا ہوں کہ اگر بھوت پریت اور بد روحیں صرف اوہام ہی ہیں تو یہ جیتے جاگتے آدمیوں پر حملہ آور کیسے ہو جاتے ہیں اور تانترک علاج سے کیسے بھاگ جاتے ہیں۔ اگر یہ دماغی مرض ہے تو اس خاص قسم کے علاج سے ہی ٹھیک کیسے ہو جاتا ہے۔

۴۳

ہُوک

ڈاکٹر شرما بلوچستان (پاکستان) سے ریٹائر ہونے کے بعد ہمارے شہر میں آکر اپنے ایک لڑکے کے پاس آٹھہرے۔ اُن کا لڑکا ہمارا دفتر کا ساتھی تھا۔ ہمارے گھر پاس پاس ہی تھے۔ طبیعت میں شگفتگی تھی۔ جلد ہی مانوس ہوگئے۔ اپنی زندگی کے تجربے سُناتے اور اکثر بتاتے کہ بلوچستان میں اُن کے پیشہ کی بہت عزت تھی۔ ملک تو ۱۹۴۷ء میں آزاد ہوگیا تھا، مگر وہاں کے اربابِ حکومت نے انھیں ہندوستان نہ آنے دیا اور کہا کہ وہ بڑے شوق سے ریٹائرمنٹ تک کی مدت وہاں پوری کر سکتے ہیں، بلکہ اس کے بعد بھی اگر چاہیں تو وہاں آباد ہو سکتے ہیں اور اگر ریٹائرمنٹ کے بعد ہندوستان جانے کی منشا ہو تو اُنھیں پورے احترام اور اہتمام کے ساتھ بمعہ سازوسامان الوداع کیا جائے گا۔ اسی لیے شرما صاحب ۱۹۴۷ء کے بعد بھی وہیں مقیم رہے اور ۱۹۵۵ء میں ہندوستان آئے۔ انھوں نے بتایا کہ بلوچستان میں

ریٹائرمنٹ کے بعد بھی انھیں کوئی تنگی نہ ہوتی کیونکہ پریکٹس اچھی چل سکتی تھی مگر اصل مسئلہ بچوں کو آباد کرنے اور اُن کی شادیوں کا تھا کیونکہ تمام ہندو اور سکھ باشندے ۱۹۴۷ء میں یا اس کے بعد ہندوستان کو ہجرت کر چکے تھے۔ اُن کا آبائی گاؤں بھی بھارت میں ضلع ہوشیار پور میں تھا اور دو بڑے لڑکے ۱۹۴۷ء سے پہلے ہی ہندوستان میں سرکاری نوکری میں تھے۔

ڈاکٹر صاحب کافی دن گھر پر ہی پریکٹس کرتے رہے۔ کچھ عرصہ بعد ایک چھوٹا بوتھ مارکیٹ میں مل گیا۔ یہاں انھوں نے کچھ دوائیاں رکھ کر کام شروع کر دیا۔ فیس کم تھی اور تشخیص اچھی۔ اِس لیے پریکٹس جلد ہی چل نکلی۔ میں بھی بوقت ضرورت اپنے اور اپنے کُنبہ کے لیے انھیں سے دوائی لینے لگا۔ دو سال کے عرصہ میں کافی کام بڑھ گیا اور انھوں نے ایک بڑی دُکان اسی مارکیٹ میں کرایہ پر لے لی۔ اب میں ہر روز شام کو دس پندرہ منٹ ڈاکٹر صاحب کی دُکان پر جاتا۔ حالاتِ زمانہ اور دیگر معاملات پر تبادلۂ خیالات ہوتے۔ بیچ بیچ میں اگر کوئی مریض آ جاتا تو ڈاکٹر صاحب دوائی بھی دیتے رہتے۔

ایک دن ہم بیٹھے باتیں کر رہے تھے کہ ایک شخص آیا۔ عمر کوئی تیس سال کی۔ کافی تنومند۔ دھڑ کمر سے کندھوں تک ایک سا فربہ، جیسے دو لاتوں پر ایک بھری ہوئی بوری رکھی ہو۔ چہرہ چوڑا، آنکھوں میں وحشت، کپڑے بوسیدہ اور جوتے گرد آلود۔ آتے ہی ہاتھ جوڑ کر کہنے لگا۔ ڈاکٹر صاحب مجھے ملازم رکھ لو۔ مَیں ایف۔ ایس۔ سی پاس ہوں اور کمپاؤنڈری کا کام جانتا ہوں۔ میرے والد بھی ایک اچھے ڈاکٹر تھے۔ مگر مَیں وقت کی مجبوری کے باعث آج کل روزی سے بھی تنگ ہوں اور نوکری کی تلاش میں ہوں۔

ڈاکٹر صاحب نے اُسے غور سے دیکھا اور کہا کہ بھائی میری پریکٹس بہت زیادہ نہیں اور مَیں خود ہی اپنی ڈِسپینسنگ (DISPENSING) کر لیتا ہوں۔ اس لیے مجھے آدمی کی ضرورت نہیں۔ شہر میں اور بڑے بڑے ڈاکٹر ہیں۔ شاید ان میں سے کسی کو ضرورت ہو۔ اس نے کہا کہ چند جگہ تو میں جا آیا ہوں۔ کسی نے ہاں نہیں کی۔ آپ براہِ مہربانی رکھ لیں۔ تنخواہ جو مرضی ہو دے دیں۔ صرف روٹی کا گذارہ ہو جانا چاہیے۔ ڈاکٹر شرما کا دل کچھ پسیجا اور مجھ سے پوچھا کہ کیا کریں۔ مَیں نے کہا کہ مہینہ بھر دیکھ لیجیے اگر اچھا کام کرے تو آپ کی مدد ہو جائے گی۔ پھر تنخواہ کی بات چلی۔ وہ کہنے لگا جو مرضی ہو دے دیجیے گا اور آخر یہ کہا کہ مہینہ بھر کی روٹی کا بندوبست ڈھابہ پر کر دیں اور دس روپیہ ماہوار جیب خرچ اس کے علاوہ دے دیا کریں۔ ڈاکٹر شرما راضی ہو گئے۔ اور ایک نان بائی کو مارکیٹ سے بلایا اور کہا کہ یہ آدمی آج سے تمہارے ڈھابے پر دو وقت کھانا کھایا کرے گا۔ ایک ماہ کے بعد پیسے مجھ سے لے لینا۔ کہو آج کل کیا بھاؤ چل رہا ہے۔ اس نے کہا کہ دو وقت کے کھانے کا چالیس روپے ماہوار لیتا ہے۔ چوں کہ آپ کا آدمی ہے اِس لیے آپ ایک دو روپے کم دے سکتے ہو۔ ڈاکٹر شرما نے کہا کہ وہ چالیس روپے ہی دیں گے۔ مگر کھانا ٹھیک سے دینا ہوگا۔ کمپاؤنڈر نے کام کرنا شروع کر دیا اور کھانے کے لیے ڈھابے میں جانے لگا۔

تیسرے دن مَیں پھر ڈاکٹر شرما کی دُکان پر بیٹھا تھا کہ وہی نان بائی آیا اور ڈاکٹر صاحب کے سامنے ہاتھ جوڑ کر کھڑا ہو گیا۔ کہنے لگا "ڈاکٹر صاحب میں نے تین بار آپ کے کمپاؤنڈر کو روٹی کھلادی ہے آگے کے لیے معاف فرمائیں"۔ ڈاکٹر شرما نے وجہ پوچھی اور کہا کہ اگر اُدھار نہ کرنا ہو تو قیمت روز کے روز لے لیا کرو۔ ڈھابے والا کہنے لگا کہ صاحب پیسوں کی تو کوئی بات نہیں۔ ہم

واقف کار روپے مہینہ کے بعد ہی لیتے ہیں۔ مگر یہاں تو دیوالہ نکلوانے کی بات ہے۔ آپ کے کمپاؤنڈر صاحب ایک وقت میں پینتیس چالیس چپاتیاں ڈکار جاتے ہیں اور اس کے ساتھ سبزی بھی کئی بار۔ اگر ایسے گاہک آتے رہے تو ہمارا تو کام تمام ہوا ہی سمجھو۔ ڈاکٹر شرما نے کمپاؤنڈر سے پوچھا و بھائی کیا بات ہے۔ اس قدر کیوں کھاتے ہو؟"

اُس نے جواب دیا کہ میں بہت دنوں سے بھوکا تھا۔ اس لیے اتنی چپاتیاں کھا رہا ہوں۔ عام طور پر بیس پچیس ہی کھاتا ہوں۔ ڈھابے والا جواب کا انتظار کیے بغیر چل کھڑا ہوا اور جاتے جاتے کہہ گیا کہ ڈاکٹر صاحب اب کسی اور کو پھانس لیجیے۔

ڈاکٹر شرما نے ایک اور ڈھابے والے سے سودا کیا اور اسے بتا دیا کہ اچھا کھانے والا آدمی ہے اس لیے چالیس کی بجائے پچاس روپے دیں گے۔ وہ بھی دوسرے دن آکر معافی مانگنے لگا کہ ڈاکٹر صاحب ہمیں بخشیے۔ جو ہُوا سو ہوا۔ کھلائی ہوئی روٹی کی قیمت نہیں لوں گا مگر آگے کو سودا فسخ ہوا۔ تمام مارکیٹ میں شور مچ گیا کہ ڈاکٹر شرما نے جن پالا ہُوا ہے۔ خبردار رہو۔ پتہ نہیں کب کسی ڈھابے پر نمودار ہو۔

ڈاکٹر شرما نے کمپاؤنڈر کو لعن طعن کی اور کہا کہ اب تمہاری روٹی کا کیا بندوبست ہو گا۔ اس نے کہا کہ میں ایک کھاتے پیتے گھر کا فرد ہوں۔ پیٹ بھر روٹی ہی تو کھاتا ہوں۔ پتہ نہیں لوگ کیا کھا کر جیتے ہیں۔ ڈاکٹر صاحب آپ ایسا کیجیے کہ مجھے دو سیر پختہ گندم کا آٹا روز لے دیا کیجیے اور ایک تسلہ اور توا لے دیجیے۔ سبزی کی جگہ میں نمک اور چٹنی سے گزارہ کر لیا کروں گا اور سامنے کے آموں کے درختوں کے نیچے اپنی روٹی پکا لیا کروں گا۔ یہ انتظام مشکل نہ تھا کیونکہ آٹا روپے کا دو سیر تھا اور اس

طرح خرچ مقررہ حد کے اندر رہی تھا۔ بندوبست ہو گیا اور کمپاؤنڈر دو وقت کی روٹی خود ہی پکانے اور کھانے لگا۔ ایک وقت میں ایک سیر آٹا ڈکار جاتا۔ لوگ باگ حیران ہوتے کہ کیا ہاضمہ پایا ہے۔ اب کمپاؤنڈر کا گزارہ تیس روپے ماہوار میں ہونے لگ گیا اور باقی بچانے لگا۔ چھ مہینے کے بعد جب اس کے پاس تقریباً سو روپے جمع ہو گئے تو وہ بھاگ کھڑا ہوا۔ ڈاکٹر شرما نے مجھ سے ذکر کیا اور ہم نے اندازہ لگایا کہ شاید کہیں بہتر نوکری مل گئی ہو گی۔ اس لیے ہی چلا گیا۔

کوئی چھ مہینے اور گزرے ہوں گے کہ ایک شام وہ بھاگتا ہوا، ہانپتا کانپتا ڈاکٹر شرما کے کلینک میں وارد ہوا اور کہنے لگا کہ ڈاکٹر صاحب مجھے کہیں چھپا لو۔ ڈاکٹر نے کہا کیا بات ہے اور اس قدر گھبرائے ہوئے کیوں ہو۔ اس نے کہا کہ بات پھر بتاؤں گا۔ فی الحال تو مجھے چھپنا ہے اور پھر خود ہی کلینک کے بیت الخلا میں گھس کر اسے بند کر لیا۔ جب گھنٹہ بھر گزر گیا اور کچھ نہ ہوا تو وہاں سے نکلا اور ڈاکٹر شرما کو بتایا " جناب میں نے بچت کے سو روپوں سے دوائیاں خرید کر مکسچر بنائے تھے اور ایک نزدیکی گاؤں میں پریکٹس شروع کر دی تھی اور کچھ روپیہ بھی کما لیا تھا۔ روٹی کا بندوبست بھی گاؤں میں آسانی سے ہو گیا تھا۔ ایک نوجوان بیوہ مجھ سے اکثر دوائی لینے آتی تھی۔ اُس کا ایک بچہ اس کے ہمراہ ہوتا۔ میں اس سے زبانی مذاق کر لیتا تھا، جس کا وہ بُرا نہیں مانتی تھی۔ اس سے حوصلہ پا کر ایک دن اُسے اپنی دُکان میں اکیلی پا کر میں پیش دستی کر بیٹھا۔ وہ خفا ہو گئی اور شور مچا دیا۔ جوتیوں سے میری پٹائی کر دی۔ گاؤں کے لوگ جمع ہو گئے۔ کچھ نوجوانوں نے میرا سامان اور دوائی کی بوتلیں توڑ دیں اور پھر مجھے پکڑ کر پنچایت میں لے جانے لگے۔ میں خود کو چھڑا کر سرپٹ بھاگا۔ میل

بھر تک مجھے معلوم ہوا کہ لوگ میرے پیچھے ہیں۔ پھر وہ کافی دور رہ گئے اور میں سڑکیں بدلتا ہوا آپ کی دُکان پر پہنچا۔ مجھے ڈر لگا کہ وہ لوگ کہیں میرا پیچھا نہ کر رہے ہوں۔ مگر اب چین آیا کہ یہاں کوئی نہیں پہنچا۔ میں آج رات ہی بستی سے اپنے بھائی کے پاس گاؤں میں چلا جاؤں گا۔ میرے سامان میں ایک بستر، ایک دو جوڑے کپڑے اور کچھ کھانا پکانے کا سامان ہے۔ بچت ڈاک خانہ میں جمع ہے اور حساب کی کاپی میرے پاس ہے۔ اس لیے زیادہ نقصان کی بات نہیں۔ کچھ عرصہ بعد بات ٹھنڈی ہو جائے گی تو آؤں گا۔ آپ بیس روپے زادِ راہ ادھار دے دیجیے۔ میری جیب میں تو دو چار ہی روپے ہیں۔ ڈاکٹر شرما نے کچھ لیت و لعل کے بعد بیس روپے دے کر اپنا چھٹکارا کروایا اور اسے کہا کہ وہ فوراً وہاں سے چلا جائے۔

ڈاکٹر شرما کہنے لگے کہ یہ شخص شاید پیٹ کی بھوک کے علاوہ جنسی بھوک کا بھی ستایا ہُوا تھا۔ میرے کلینک میں بھی مطلب بے مطلب زنانہ مریضوں کی نبض دیر تک تھامے رہتا۔ گلا دیکھنے کے بہانے اُن کی آنکھوں میں جھانکا کرتا۔ دو تین مریضوں نے اُس کی شکایت بھی کی تھی اور میں نے اسے ڈانٹا بھی تھا۔ بھئی اصل بات تو یہ ہے کہ "روٹی اور ووہٹی (عورت)" تو ہر شخص کو چاہیے اور اگر میسر نہ ہو تو بھوک کا بے تابو ہونا لازمی امر ہے۔"

اپریل فول

یکم اپریل پھر سے نزدیک آرہا تھا اور مجھے پچھلے سال کے مذاق جو یار لوگوں نے نگینہ رام دُکاندار اور جگت سنگھ قانون گو سے کیے تھے، یاد آرہے تھے۔ نگینہ رام نے ایک لاٹری کا ٹکٹ خرید رکھا تھا۔ اُس وقت اس قدر لاٹریاں مروّج نہیں تھیں۔ ڈربی کی لاٹری کا اوّل انعام دس لاکھ پونڈ کا انگلینڈ میں نکلتا تھا اور بھی کئی چھوٹے انعامات تھے۔ اس لاٹری کا ایک ٹکٹ ایک پونڈ یعنی تقریباً ۱۵ روپے کا تھا جو کہ اُس وقت ایک بڑی رقم تھی کیونکہ ایک کلرک بمشکل ۴۵ روپے ماہوار پاتا تھا اور گھی ایک روپے کا ایک سیر بکتا تھا۔ نگینہ رام نے اپنے ملنے والوں سے فخریہ کہا تھا کہ اس علاقے میں وہ واحد شخص تھا جس نے لاہور سے ڈربی کا ٹکٹ خریدا تھا اور اسے کئی متجسس نگاہوں کو دکھایا بھی تھا۔ ایک دن اچانک اُسے وردی میں ملبوس ایک شخص تار دے گیا۔ اِسے جو تھوڑی بہت انگریزی آتی تھی اُس سے کام

چلاتے ہوئے اُس نے اندازہ لگایا کہ ڈربی کی لاٹری کا ۰۰۰ ۵ پونڈ کا انعام اُس کے ٹکٹ پر نکلا ہے۔ اس نے تار اپنے پڑوسی ماسٹر جی کو بھی پڑھایا اور انھوں نے بھی تصدیق کی کہ جو کچھ نگینہ رام نے پڑھا ہے، درست ہے۔ نگینہ رام خوشی سے پاگل ہوا اٹھا۔ دُکان سے گھر کو بھاگا، اور اپنے بیوی بچوں، ماں باپ سب کو خوش خبری سُنائی۔ جو بھی سُنتا مبارک باد دینے پہنچ جاتا۔ گھر پر ایک اچھے خاصے جشن کا منظر پیدا ہوگیا۔ مٹھائیوں کے تھال آ گئے۔ غریبوں کو دان ہوا اور دن بھر میں یہ افسانہ پورے گاؤں میں پھیل گیا۔ کسی نے سمجھایا کہ ایجنٹ کو واپسی تار دے کر پوچھو کر رقم کب اور کہاں ملے گی۔ جب اس تار کا جواب آیا تو گھر میں صفِ ماتم بچھ گئی اور نگینہ رام غصہ میں گاؤں کے پوسٹ ماسٹر سے لڑ پڑا۔ مگر جب معلوم ہوا کہ تار جعلی تھا اور اس پر مُہر ندارد ہے تو بھیجنے والے کو صلواتیں سُنا سنا کر چُپ ہو رہا۔

جگت سنگھ قانون گو کو نائب تحصیل داری کی ترقی کے جھوٹے آرڈر بھجوائے گئے۔ وہاں بھی کئی پارٹیاں ہوئیں اور بالآخر جب ڈپٹی کمشنر کے دفتر سے تصدیق کی گئی تو معلوم ہوا کہ اسے اپریل فول بنایا گیا تھا۔

میں نے سوچا کہ یہ دونوں حربے تو پُرانے ہوئے۔ اس سال اس قسم کا مذاق تو کارگر ہونے سے رہا۔ کوئی نیا طریقہ ڈھونڈنا چاہیے۔ ہر شخص کی کوئی نہ کوئی کمزوری ہوتی ہے اور اسی وجہ سے ہی اُسے بیوقوف بنایا جا سکتا ہے۔ میرے واقف کاروں میں ایک خاص شخصیت تھے "میاں جی"۔ وہ ایک چھوٹے دفتر میں عہدہ دار تھے اور رنگین مزاج رکھتے تھے۔ پینتالیس پچاس کی عمر تھی۔ بال کھچڑی ہو گئے تھے۔ سفیدی زیادہ اور سیاہی کم۔

۵۱

خضاب سر اور مونچھوں پر اس طرح لگاتے تھے کہ کوئی بال جڑ سے بھی سفید نہ دکھائی دے۔ پتلون، کوٹ اور ٹائی لگاتے۔ سر پر رنگین پگڑی رکھتے اور چہرے مہرے کا رکھ رکھاؤ یوں دکھاتے کہ ابھی نوجوان ہیں مقوی اشیا اور کُشتے کا استعمال کرتے اور خوب صورت عورتوں میں دلچسپی رکھتے۔ ایک بار ایک دوست جو اونچے پہاڑوں کے دورہ پر جا رہا تھا، کو کہتے ہوئے سُنے گئے تھے کہ جب تم فلاں درّہ پر جاؤ گے تو دس بارہ ہزار فٹ کی اونچائی پر ایک خوشبودار جڑی بوٹی "سرڈنڈی" کی کھوج کرنا جو کہ پہاڑی لوگوں کے کہنے کے مطابق بوڑھوں کو نوجوان کر دیتی ہے۔ مجھے یہ سوجھا کہ اس پس منظر میں میاں جی کو کسی جعلی دوائی سے بیوقوف بنایا جا سکتا ہے۔ بہت دن مَیں سوچتا رہا اور یکم اپریل کے قریب مَیں نے ایک نائی کے ڈبہ سے کچھ کٹے ہوئے سفید بال اٹھائے اور ان میں رنگ اور خوشبودار سینٹ ڈال کر ایک خط لکھا:

از میراں کدل، سری نگر

جناب مکرمی میاں صاحب!

آداب۔

ایک کرم فرما سے آپ کا اڈریس پاکر آپ کو "سرڈنڈی" کے ریشوں کا نمونہ بھیج رہے ہیں۔ بہت نایاب چیز ہے۔ اس میں قدرتی خوشبو مشک نافہ کی مانند ہے۔ یہ بہت اونچے پہاڑوں سے حاصل کی گئی ہے۔ گُشتہ مار کر مکھن یا بالائی کے ہمراہ استعمال کی جاتی ہے۔ قوتِ باہ کے لیے بے نظیر ہے۔ دل و دماغ کو بھی نافع ہے۔

قیمت ۵/- فی تولہ ہے۔ اگر نمونہ سے فائدہ ہو تو آرڈر دے کر مشکور فرمائیں۔

آپ کے صادق
عظیم اینڈ کمپنی دوا فروشان

خط لفافہ میں ڈال کر پوسٹل کلرک کو ہمراز بنایا اور پہلی مہر اس طرح لگوائی کہ پڑھی نہ جا سکے۔ چٹھی تقسیم ہو گئی اور رسم ظریفی یہ ہوئی کہ چونکہ میں اُردو بخوبی جانتا تھا لہٰذا میاں جی نے مشورہ کے لیے مجھے ہی بلایا۔ کہنے لگے کہ ایک نایاب جڑی بوٹی کا نمونہ مجھے کشمیر سے آیا ہے۔ اس کا کُشتہ کروانا ہے۔ کیا اس جگہ کوئی ایسا کر سکے گا۔ اور یہ مکھن تو سمجھ میں آیا۔ بالائی کیا شے ہے جس کے ہمراہ استعمال کرنا ہے۔ میں نے کہا دُودھ کی ملائی کو بالائی بھی کہا جاتا ہے۔ اور ایک ویدوا جیپٹی کا پتہ دیا کہ فلاں بازار میں رہتا ہے۔ وہ شاید آپ کی مدد کر سکے۔ میاں جی کے ردِ عمل سے پورا یقین ہو رہا تھا کہ وہ خط اور نمونہ کو اصلی ہی سمجھ رہے ہیں۔ پھر بھی انھیں پکا کرنے کے لیے اپنے دو ساتھیوں کو میں نے یکے بعد دیگرے اُن کے پاس بھیجا کہ استدعا کر کے اُس نمونہ میں سے کچھ حصّہ مانگیں اور پوچھیں کہ ایسی نایاب چیز اُن کو کس نے بھیج دی ہے۔ میاں جی نے اُن سے کہا کہ اُن کے کئی رشتے دار جموّں و کشمیر میں افسر ہیں اُن میں سے کسی نے سفارش کی ہوگی اور یہ بھی کہا کہ وہ کسی کو بھی اس نایاب بوٹی کا عشر عشیر بھی دینے کو تیار نہیں۔

دوسرے دن میاں جی ویدوا جیپٹی کے پاس پہنچ گئے اور اُن سے پوچھا کہ کیا کبھی انھوں نے "سرڈنڈی" کے ریشے کا کُشتہ بنایا ہے۔ وید نے کہا کہ اس نے سونا، چاندی، تانبہ، لوہا، جست وغیرہ دھاتوں کے کُشتے تو دیکھے اور استعمال کروائے ہیں مگر اس نام کی دوائی کا نہ تو نام ہی سُنا ہے اور نہ ہی کشتہ بنایا ہے۔ میاں جی نے جھٹ جیب سے پڑیا نکال کر پیش کی اور کہا یہ دیکھیے دوائی اور چٹھی۔

ویدجی نے ریشوں کو ہاتھ سے مل کر دیکھا، سونگھا اور میاں جی کے چہرہ پر نظر ڈال کر مسکراہٹ سے کہا "میاں جی یہ تو آدمی کے بال معلوم ہوتے ہیں جن کو خوشبو سے معطر کیا گیا ہے اور رنگا گیا ہے۔ یہ کوئی جڑی بوٹی نہیں۔ معلوم ہوتا ہے کہ کل کسی نے آپ کا اپریل فول بنایا ہے۔ میاں جی کو وہم تو ہوگیا مگر پوری تسلی نہ ہوئی۔ پڑیا کو پھر سمیٹ کر بٹوے میں ڈال لیا۔ دوسرے دن تمام واقعہ مجھے سنایا اور کہنے لگے کہ ویدواچسپتی شاید ٹھیک ہی کہہ رہا ہو مگر سری نگر سے مجھے عظیم اینڈ کمپنی کیوں مذاق کرنے لگی۔ دل میں مقوی باہ کشتہ کا بھی اشتیاق تھا اس لیے خود کو بھی تسلی دیتے ہوئے کہا کہ کل اجودھیا داس وید یہیں آرہا ہے۔ اُسے بھی دکھاؤں گا۔ جب وہ میاں جی کو ملا تو میاں جی نے پوچھا "وید جی اونچے پہاڑوں پر "سرڈنڈی" نام کی کوئی بوٹی ہوتی ہے اور اگر ہے تو اس کا کیا فائدہ ہے؟"

وید نے بتایا کہ اُس نے بھی پہاڑی چرواہوں سے اس کا نام سنا ہے اور اس کے متعلق کئی کہانیاں بھی مشہور ہیں مگر ابھی تک اسے کوئی لایا نہیں اور نہ ہی اُس نے آیورویدشاستروں میں اس کا بیان پڑھا ہے۔ تب میاں جی نے پڑیا اس کے سامنے کی اور کہا کہ اس بوٹی کے ریشوں کا نمونہ کشمیر سے آیا ہے اور لکھا ہے کہ اس کا کشتہ کرواکر استعمال کیا جائے۔ اجودھیا داس نے بھی عینک چڑھا کر بڑے غور سے بوٹی کا معائنہ کیا۔ اسے سونگھا، مروڑا اور ایک ریشہ منہ میں بھی ڈالا، اور تھوک کر بولے "چھی چھی" یہ تو آدمی کے بال ہیں۔ ہرے رام ہرے رام۔ یہ تو کسی نے آپ سے مذاق کیا ہے۔ شاید آپ کا اپریل فول بنایا ہے۔

میں اور دونوں ہمراز ساتھی دروازہ سے کان لگائے میاں جی اور وید کی بات چیت سن رہے تھے۔ وید کے "ہرے رام ہرے رام" کہتے ہی ہماری بے ساختہ ہنسی چھوٹ گئی۔ ہم لوٹ پوٹ ہو گئے۔ آنکھوں سے آنسو نکل آئے۔ میاں جی نے ہماری حالت دیکھ کر اندازہ لگا لیا کہ ضرور ان کی ہی شرارت ہے۔ وہ اپنی بیٹھک

چھڑی لیے ہمارے پیچھے دوڑے اور بولے کہ میں اب سمجھ گیا کہ یہ تمھاری ہی کارستانی ہے۔ میں تمھیں نہیں چھوڑوں گا۔

مدتوں تک میاں جی کے اپریل فول بننے کا تذکرہ یار لوگوں میں چٹخارے لے کر سُنایا جاتا رہا اور کئی تو انھیں غائبانہ طور پر "میاں سر ڈنڈی" کہنے لگے۔

جھینا رانا اور اس کی جوگن

بہت پُرانے زمانے کی بات ہے جب اِن پہاڑی علاقوں میں راناؤں اور ٹھاکروں کا راج تھا۔ کُلّو کا بالائی حصہ ایک طاقت ور رانا کے ماتحت تھا جس کا نام رانا جھینا تھا۔ اگرچہ راناؤں اور ٹھاکروں کی حکومت ظلم اور بربریت کے لیے مشہور رہی ہے، لیکن جھینا رانا اِن سے مزاجاً مختلف تھا۔ وہ بہت انصاف پسند اور ہر دل عزیز راجا رہا ہے۔ یہی وجہ ہے کہ دوسرے راجاؤں اور ٹھاکروں کی نسبت اُس کی سلطنت بڑی تھی۔ کُلّو کے شمالی حصہ میں بیاس ندی کے دونوں طرف جگت سُکھ سے اُوپر کا تمام علاقہ اس کی عمل داری میں تھا۔ اس نے اپنے راج کی حفاظت کے لیے جگہ جگہ قلعے بنائے ہوئے تھے۔ اور ان قلعوں میں سب سے مشہور منڈن کوٹ کا قلعہ تھا جہاں سے وہ اپنی حکومت چلاتا تھا۔

رانا جھینا دو بڑی خوبیوں کا مالک تھا۔ خوب صورتی اور بہادری۔ اس علاقہ میں شاید ہی کوئی اس سے پہلے کوئی اتنا خوب صورت راجا ہوا ہو۔ وہ

جہاں بھی جاتا وہاں اس کی رعایا جوق در جوق اسے دیکھنے کے لیے اکٹھی ہو جاتی۔ بچے بوڑھے، عورت مرد اس کے دیدار کے لیے بے قرار رہتے۔ جتنا وہ جسمانی طور پر پُرکشش تھا اتنا ہی رحم دل اور انصاف پسند بھی تھا۔ اس لیے اس کے پڑوسی راجا اس سے حسد کرتے تھے۔ مگر اس کی بہادری اور خوبیوں کے باعث کسی کی پیش نہ چلتی تھی۔ اُس کو جتنی سلطنت ورثہ میں ملی تھی وہ اُسے بڑھاتا ہی چلا گیا۔ اُس کا علاقہ چھیننے کا کسی کو حوصلہ نہ ہوا۔

انہی دِنوں کُلّو کے جنوبی حصّہ میں راجہ سدھ سنگھ راج کرتا تھا۔ جھینا رانا کی بہادری اور ہر دلعزیزی سب سے زیادہ راجہ سدھ سنگھ کو چُبھ رہی تھی—— سدھ سنگھ بذاتِ خود بڑا بہادر راجا تھا۔ اس نے جنوب کی طرف کلّو کے بہت بڑے حصّہ پر قبضہ کر لیا تھا۔ اُس نے آس پاس کے سب راجاؤں کو یا تو موت کے گھاٹ اتار دیا تھا یا انھوں نے اس کی اطاعت قبول کر لی تھی۔ اب اس کی نظریں رانا جھینا کے راج پر ٹکی ہوئی تھیں۔ لیکن رانا کی طاقت کو دیکھتے ہوئے اُسے اس پر حملہ کرنے کا حوصلہ نہیں ہو رہا تھا۔ حوصلہ کرتا بھی کیسے کیونکہ رانا کی حکومت کا نظام اعلیٰ درجہ کا تھا، اور اس کی سلطنت کے محفوظ ہونے کی سب سے بڑی وجہ اس کے جگہ جگہ پر تعمیر کردہ قلعے تھے جن میں فوج تعینات تھی۔ رانا خود بہادر تھا، ہر دلعزیز تھا۔ اس کے علاقہ کی زمین زرخیز تھی۔ رعایا خوش تھی۔ ایسی حالت میں رانا پر فتح حاصل کرنا آسان نہیں تھا۔ جب حملہ کر کے رانا جھینا پر فتح پانا سدھ سنگھ کو دُشوار نظر آنے لگا تو اس نے حکمتِ عملی سے اپنے مُدعا کی تکمیل کرنی چاہی اور اس کے لیے موقع کی تلاش میں لگ گیا۔ اُس نے رانا کی نجی خامیوں اور حکومت کی کمزوریوں کی کھوج کے لیے اس کے علاقہ میں اپنے جاسوس بھیجے۔

رانا جھینا کو گھوڑ سواری اور شکار کھیلنے کا بہت شوق تھا۔ اس نقطۂ نظر سے رانا کے دربار میں اعلیٰ درجے کے شکاری اور سائیس تھے۔ ان میں سے ماہر ترین اور

ذہین تھا ایک ڈاگی (ہریجن) جو گھوڑ سواری اور شکار کھیلنے میں کوئی ثانی نہیں رکھتا تھا۔ رانا کے دربار میں تو اس کے مقابلے کا کوئی تھا ہی نہیں۔ ریاست کے باہر بھی اس کی شہرت پھیلی ہوئی تھی۔ اس کا اصل نام کیا تھا یہ تو کسی کو معلوم نہیں مگر وہ "موچھپانی" یا "موچھپڑ" کے نام سے جانا جاتا تھا۔ جس کی وجہ اُس کی مونچھیں تھیں۔ کہتے ہیں کہ اس کی مونچھیں اتنی لمبی اور موٹی تھیں کہ وہ صرف اپنی مونچھوں کو ہلا کر تیز سے تیز گھوڑے کو کھڑا کر دیتا تھا یا اسے ہر طرح کی چال میں دوڑا دیتا تھا۔ اسی طرح وہ تیر چلانے میں اتنا ماہر تھا کہ اس کا نشانہ کبھی چوکتا نہ تھا۔ صرف ایک موچھپانی پوری فوج کا کام کرتا تھا۔ جب وہ گھوڑے پر سواری کرتا تو گھوڑا ہَوا سے باتیں کرتا تھا۔ ندی ہو یا پہاڑ اس کا گھوڑا ایسے دوڑتا جیسے صاف میدان میں دوڑ رہا ہو۔ بڑی سے بڑی باڑھ میں بھی موچھپانی اپنا گھوڑا ڈال دیتا اور اُس کی پیٹھ پر اتنی مضبوطی سے بیٹھتا کہ سوار اور گھوڑا تیرتے ہوئے میلوں دُور تک جا کر کنارے پر لگ جاتے۔

ہر قسم کی مہم پر مُوچھپانی اپنے مالک رانا جھینا کے ساتھ رہتا تھا۔ اور مجال ہے کہ رانا کا بال بھی بیکا ہو جائے۔ دراصل موچھپانی ہی رانا کی ناقابلِ تسخیر طاقت کا راز تھا۔ موچھپانی کے ہوتے ہوئے رانا کو کسی قسم کا ڈر نہیں تھا۔ تیراندازی میں موچھپانی کی مہارت اور اس کی لمبی اور موٹی مونچھوں کی شخصیت رانا کو ہر قسم کا جوکھم اٹھانے میں حوصلہ عطا کرتے تھے۔ موچھپانی کا لمبا اور سڈول جسم، اونچی گردن، مضبوط بازو سانولا اور پُرجلال چہرہ اس کی شخصیت کو چار چاند لگائے ہوئے تھے۔ ایسی حالت میں موچھپانی کا اپنے سماج میں تو بول بالا تھا ہی، اس کی شہرت باہر بھی خوب پھیلنے لگی۔ رانا جھینا کے ساتھ اس کے گہرے تعلق کو دیکھ کر اس کے دوسرے ساتھی اس سے حسد کرنے لگے اور اس کو رانا کی نظروں میں گرانے کے لیے کئی قسم کی سازشیں کرنے لگے۔ اِدھر رانا کو

بھی موچھپانی کی بڑھتی ہوئی شہرت چبھنے لگی۔ اسے وہم ہونے لگا کہ موچھپانی اپنی خوبیوں اور شخصیت کی وجہ سے اس کا مدِمقابل بنتا جا رہا تھا لیکن موچھپانی دل سے اپنے مالک کے لیے بڑا وفادار اور حکم پرور تھا۔ یہ دوسری بات تھی کہ اس کے گُن رانا کی خوبیوں پر چھانے لگے تھے۔ خاص کر اس کی مونچھوں نے اسے پُر جلال اور اثردار بنا دیا اور اس پہ اس کی ماہر تیر اندازی کے کرتب اسے دُور دُور تک مشہور کرنے لگے۔ رانا کو محسوس ہونے لگا کہ اس کی رعایا اس کی نسبت موچھپانی کو زیادہ عزت مآب سمجھتی ہے۔

ابھی رانا کے دل میں وہم ہی تھا کہ ایک دن کے واقعہ نے اس کے شک کو اصلیت میں بدل دیا۔ رانا اور موچھپانی عام دِنوں کی طرح ایک بار شکار کھیلتے ہوئے بہت دور نکل گئے اور تھکے ہارے شام کے وقت ایک گاؤں میں پہنچے۔ لوگوں نے موچھپانی کا جلال دیکھ کر اسے "جے دیوا" عرض کیا۔ یہ دیکھ کر رانا کو آگ لگ گئی کیونکہ "جے دیوا" لوگ صرف راجاؤں کو عرض کرتے تھے۔ کسی چھوٹے ملازم کو تو اس طرح کا نمسکار کبھی نہیں کیا جاتا تھا اور رانا کے سامنے تو موچھپانی اِس کا حق دار کبھی ہو ہی نہیں سکتا تھا۔ رانا وہاں تو کڑوا گھونٹ پی کر بیٹھ گیا لیکن اس نے فیصلہ کیا کہ اس حالت کا تدارک فوری طور پر کیا جانا چاہیے۔ گاؤں سے راج محل تک واپسی میں مالک اور ملازم کے درمیان کوئی بات نہیں ہوئی۔ موچھپانی کو آنے والی آفت کا سایہ صاف نظر آ رہا تھا۔ رات جیوں تیوں کر کے کٹ گئی۔ صبح ہی رانا نے موچھپانی کو اپنے دربار میں بلایا اور کڑک کر کہا۔

"ارے موچھپانی تم نے 'بگر گھاس' سے اپنے منہ کو کیوں ڈھانپ رکھا ہے؟"

"حضور یہ مونچھیں ہیں، بگر گھاس نہیں۔" موچھپانی نے ابھی بمشکل اپنا جملہ پورا ہی کیا تھا کہ رانا بول پڑا "میں جانتا ہوں یہ کیا ہے اور تم نے اسے کیوں پال رکھا ہے۔" موچھپانی چپ ہو گیا۔ ایسے موقعہ پر پہلے وہ کہتا تھا کہ مونچھیں شیر کی ہوتی

ہیں۔ گیدڑ کی نہیں۔ لیکن یہاں تو مالک سامنے تھا۔ اسے ایسا جواب دے پانے کا اُسے حوصلہ نہ ہوا۔ اسے خاموش دیکھ کر رانا نے پھر پوچھا۔

"موچھپانی ہمارے سوال کا جواب نہیں ملا۔"

"مہاراج مجھے مونچھوں کا شوق ہے۔" مُوچھپانی نے لڑکھڑاتی آواز میں جواب دینے کی کوشش کی۔

"تم اِسے شوق کہتے ہو موچھپانی اور ہمیں ان سے سخت نفرت ہے۔"

"حضور مونچھیں مَردوں کی شان ہوتی ہیں۔"

"خاموش موچھپانی۔ تم ملک کے راجا سے بات کر رہے ہو۔ بڑے بول کا مطلب سمجھتے ہو۔"

مُوچھپانی کی زبان پر تالا لگ گیا۔ اُسے اب کچھ نہیں سوجھ رہا تھا اور رانا نے اپنی بات جاری رکھی۔

"مُوچھپانی تم سمجھتے ہو کہ ان مونچھوں کے ہوتے ہوئے تم ہماری خدمت میں کوتاہی نہیں کر رہے ہو؟"

"مہاراج آپ مائی باپ ہیں۔ مَیں نے کبھی خدمت میں لاپرواہی نہیں کی ہے بلکہ مجھے فخر ہے کہ مَیں مہاراج کی تن من سے سیوا کرتا ہوں۔ مالک کی خدمت میرا دھرم ہے۔ اور مَیں رات دن احکام ماننے میں خوشی محسوس کرتا ہوں۔" مُوچھپانی نے اپنی وفاداری کا اظہار کرنا چاہا۔

"مَیں خوب جانتا ہوں۔" رانا نے کہا "مجھ سے کوئی بات چھپی نہیں ہے۔ مجھے بتایا گیا ہے کہ تم گھنٹوں اپنی مونچھوں کو سنوارنے میں ضائع کرتے ہو اور تمہاری مونچھوں کی بناوٹ ہی اس الزام کا ثبوت ہے۔ تم بوتلوں تیل اور گھنٹوں وقت ان مونچھوں کو سجانے میں ضائع کرتے ہو اور پھر بھی سمجھتے ہو کہ ہماری خدمت میں

کوتاہی نہیں کرتے۔ ہمارا حکم ہے کہ مونچھوں کو فوراً کاٹ دو۔ ہماری حکم عدولی نہیں ہوگی ورنہ اس کا نتیجہ تم خود جان جاؤ گے۔"

رانا نے اپنی بات ختم کی لیکن موچھپالی کے لیے مصیبتوں کا پہاڑ ٹوٹ پڑا۔ اس نے اپنی مونچھیں بچوں کی طرح پالی تھیں۔ اسے اپنی مونچھوں سے بے حد لگاؤ ہو گیا تھا۔ وہ انھیں کسی بھی حالت میں کاٹنے کے لیے تیار نہیں تھا۔ وہ ان کو اپنی زندگی سے بھی پیارا سمجھتا تھا۔ اس نے رانا کی خوب سیوا کی تھی۔ اسے یقین تھا کہ رانا کا غصہ جلد ہی ختم ہو جائے گا۔ اور وہ مونچھوں کو بحفاظت رکھ لینے کے لیے رانا کو منا لے گا۔ لیکن یہ خبر آگ کی طرح پھیل گئی اور دربار میں موچھپالی کے مخالفوں کو اُسے نیچا دِکھانے کا اچھا موقعہ مل گیا۔ انھوں نے اس موقعہ کا فائدہ اٹھاتے ہوئے موچھپالی کے خلاف رانا کے خوب کان بھرے۔ اس لیے بجائے اس کے کہ رانا کا غصہ ٹھنڈا ہوتا وہ اور تیز ہوتا گیا۔ رانا نے کئی دنوں تک مُوچھپالی کو اپنے پاس نہ بلایا مگر اسے ہر روز یہ خبر ملتی رہی کہ مُوچھپالی نے اس کے احکام کی تعمیل نہیں کی ہے۔ ایسی حالت میں رانا آگ بگولا ہو گیا۔ رانا کا حکم اور اس کی تعمیل نہ کی جائے۔ موچھپالی کی اس بدتمیزی کی کڑی سزا دی جائے گی۔ رانا نے یہ فیصلہ کر لیا۔ کچھ دن بعد مُوچھپالی کو حکم ہوا کہ رانا شکار کو جائیں گے اور وہ ان کا ساتھ دے گا۔

شکار کھیلتے ہوئے دونوں پہلے کی طرح بہت دُور گھنے جنگل میں نکل گئے۔ مُوچھپالی کو رانا کی حکم عدولی کا ڈر کھائے جا رہا تھا کہ رانا نے ایک کھُلی جگہ پر جواب طلبی کر لی۔

"مُوچھپالی ہم نے تمھیں اپنی مونچھیں کٹوانے کا حکم دیا تھا۔ تمھیں اب تک رانا کے حکم نہ ماننے کا حوصلہ کیسے ہوا؟"

مُوچھپالی فوراً زمین پر لیٹ گیا اور بڑی حلیمی سے ہاتھ جوڑتا ہوا بولا۔

"سرکار مائی باپ ہیں۔ میری زندگی آپ کے ہاتھوں میں ہے۔ میں نے آج تک آپ کی دل اور جان سے سیوا کی ہے۔ میں جیون بھر مہاراج کی پوری سیوا کروں گا۔ لیکن ایک بھیک مانگتا ہوں۔"

"کہو تم کیا سلوک چاہتے ہو؟" رانا نے غصّہ بھرے لفظوں میں کہا۔

"حضور میں مالک کا ہر کام کرنے کو ہر گھڑی ہر پل تیار رہوں؛ لیکن میں مونچھیں نہیں کٹوا سکتا۔ مہاراج آپ خود جانتے ہیں کہ تمام راج میں کسی اور نے میری طرح نیک نیتی اور ایمانداری سے خدمت نہیں کی ہے۔ تکلیف کی ہر گھڑی میں خادم جان دینے کے لیے تیار رہا ہے۔ سرکار کی ساری سلطنت میں مجھ جیسا تیرانداز نہیں ہے اور تیر چلانے میں مہارت کی وجہ سے میں نے مالک کی کئی بار آڑے وقتوں میں مدد کی ہے۔"

"تو موچھپانی تمھیں اپنی تیر انداز پر بھی غرور ہے؟"

"غرور نہیں حضور۔ یہ اصلیت ہے۔" موچھپانی نے اسی لہجہ میں جواب دیا۔

رانا نے چاروں طرف نظر دوڑائی اور گھنے درختوں کے بیچ میں سے بہت دور پہاڑ کی چوٹی پر اشارہ کرتے ہوئے بولا۔ "موچھپانی اس طرف پہاڑ کی چوٹی پر اُس خالی جگہ کو دیکھ رہے ہو؟"

موچھپانی نے رانا کے اشارے کی طرف دیکھا۔ بہت دُور درختوں کے درمیان ایک ہری بھری کھُلی سی جگہ پر ایک گائے چر رہی تھی۔ گائے کی پیٹھ پر ایک مینا بیٹھی تھی۔

"موچھپانی!" رانا نے کڑک کر کہا۔ "اگر تمھیں اپنے تیر چلانے کی مہارت پر اتنا غرور ہے تو گائے کو بنا گزند پہنچائے اس مینا کو اپنے تیر کا نشانہ بناؤ۔ اگر تم اس امتحان میں کامیاب ہوئے تو تمھاری مونچھیں بحفاظت رہیں گی اور اگر گائے

کو معمولی کھروچ بھی آئی یا مَینا اُڑ گئی تو مونچھیں نہیں بلکہ تمہیں اپنی جان سے ہی ہاتھ دھونے پڑیں گے۔

موچھپائی کو جہاں پہلی مصیبت ٹلتی نظر آ رہی تھی وہاں دوسرا حکم بھی کچھ کم مہلک نہ تھا۔ اُس نے حالت کا جائزہ لیا۔ اتنی دُور جہاں تک نظر ٹھیک سے نہیں پہنچ رہی تھی، وہاں تک تیر کا پہنچنا آسان نہیں تھا لیکن موچھپائی کو اپنے بازوؤں اور تیر کمان پر پورا بھروسہ تھا۔ اس نے نظروں سے دُوری کو ناپا۔ کمان کو زمین پر ٹکا کر کان تک کھینچا اور جیوں ہی اس نے تیر کو چھوڑا، وہ بجلی کی تیزی سے گھنے درختوں کے بیچ کی دوری کو چیرتا ہوا اُس پار پہاڑ کی چوٹی پر گائے کی پیٹھ کے اُوپر سیدھا مَینا کو لگا۔

موچھپائی شرط جیت چکا تھا۔ امتحان میں کامیاب رہا تھا۔ اپنی مونچھوں کو بھی اس نے بچا لیا تھا۔ مگر اب حالات ٹھیک ہو گئے، ایسی بات نہیں تھی۔ رانا نے خود کو ہارا ہوا پایا اور موچھپائی نے جیت کر بھی اپنے آپ کو زیادہ غیر محفوظ محسوس کیا۔

کچھ ہی دنوں میں اس واقعہ کی خبر آگ کی طرح چاروں طرف پھیل گئی اور ہوتے ہوتے کلّو میں راجہ بدھ سنگھ تک پہنچی، جو پہلے ہی سے موقعہ کی تلاش میں تھا۔ راجہ نے اپنے جاسوسوں کے ذریعے سے موچھپائی کو اپنے دربار میں بلایا اور اُسے رانا کے خلاف خوب اُکسایا۔ بالآخر موچھپائی نے، جو اپنے آپ کو غیر محفوظ پا رہا تھا، راجہ کے ساتھ خفیہ سمجھوتہ کر لیا اور منالی اپنے کام پر چلا گیا۔

ہاڑ مہینے کے شروع کے دن تھے۔ کھیتوں میں دھان کی پنیری لگ رہی تھی۔ اس علاقہ میں یہ دن ایک ساتھ کام اور تفریح دونوں کے لیے اہم ہوتے ہیں۔ لوگ ڈھول، نقارے، ترہی، شہنائی لے کر کھیتوں میں پہنچ جاتے ہیں۔ گھٹنوں تک مٹی اور پانی کے بیچ ڈوبے ہوئے دھان کی پنیریاں لگاتے ہیں۔ ساتھ ساتھ

مرد اور عورتیں ایک دوسرے پر کھیتوں کا کیچڑ پانی انڈیلتے ہوئے اپنی خوشی کو دوبالا کرتے ہیں۔ ایسے ہی ماحول میں رانا جھینا اپنے لوگوں کے ساتھ رنگ رلیوں میں مگن تھا۔ تبھی کھیتوں سے دور دیودار کے درختوں کے گھنے جنگل میں چھپے ہوئے موچھپانی نے تیر سے رانا پر وار کیا۔ رانا زخمی ہوگیا مگر اُس نے حوصلہ رکھا۔ پاس ہی اُس کا گھوڑا کھڑا تھا۔ وہ گھوڑے پر سوار ہوا اور ہوا کی طرح تیز رفتار سے اپنے محل کی طرف بھاگا۔ لیکن وہ ابھی تک کچھ دُور ندی کے دوسرے پار ہی پہنچا تھا کہ زخم کی شدّت سے راہیِ عدم ہوا اور گھوڑے سے گر گیا۔ موچھپانی درختوں سے نکل کر رانا کے گھوڑے کا پیچھا کرتا ہُوا رانا کی لاش کے پاس پہنچا۔ اور جب اسے یقین ہوگیا کہ رانا مر چکا ہے تو اس نے پاس کے گھروں سے ایک چھلنی لی اور اُسے راجہ کے مرنے کے نوحہ میں بجاتا ہوا راج محل کی طرف بڑھا۔

رانا جھینا کی دو رانیاں تھیں۔ اُس وقت چھوٹی رانی امید سے تھی۔ جیسے ہی رانا کے مرنے کی خبر راج محل میں پہنچی بڑی رانی کو اندازہ ہوگیا کہ رانا کی مَوت کے پیچھے کوئی مکّارانہ سازش ہے۔ اُس نے چھوٹی رانی کو سمجھا بُجھا کر گھر سے باہر بھیج دیا اور حکم دیا کہ رانا کی ہونے والی اولاد کی پوری حفاظت کی جائے گی۔ خود وہ تمام نوکروں اور نوکرانیوں کے ساتھ ستی ہوگئی۔ ان میں موچھپانی کی بیوی بھی شامل تھی۔ جلد ہی سدھ سنگھ نے فوج کے ساتھ حملہ کر کے جھینا رانا کے تمام علاقے پر قبضہ کر لیا۔ موچھپانی کے ساتھ ہوئے اقرار کے مُطابق راجہ سدھ سنگھ نے اسے کمانوں موضع کے تمام دھان کے کھیت انعام میں دیے۔ یہ کھیت آج بھی موچھپانی کے خاندان کے لوگوں کے پاس ہیں۔

ستی ہونے کے بعد رانا جھینا کی رانی دیوی (جوگن) کہلائی اور آج تک اس کی پوُجا ہوتی ہے۔ اُسے خاص کر بارش کی دیوی مانا جاتا ہے۔ جب کبھی علاقہ میں

خُشک سالی ہوتی ہے اور بارش کی ضرورت ہوتی ہے تو موچھپانی خاندان کا کوئی آدمی اُس مندر کے قریب جاکر چمڑا جلاتا ہے. موچھپانی کی موجودگی اور چمڑے کے جلنے کی بُو دیوی برداشت نہیں کر پاتی اور بارش کر کے ماحول کو صاف کرتی ہے۔

جھینا کی حاملہ رانی نے بعد میں ایک لڑکے کو جنم دیا۔ جب وہ جوان ہوا تو اس نے ایک دن راجا کی چرتی ہوئی بھینس کو پکڑ لیا۔ راجہ کے فوجیوں سے ہوئی لڑائی میں لڑکے کی بہادری کو دیکھ کر اس کے حسب و نسب کا پتہ کیا گیا اور راجہ نے لڑکے کو اُلیو کے دھان کے کھیت جاگیر میں دیئے جو اب بھی اس کے خاندان کے لوگوں کے پاس ہیں۔

(ماخذ: ھماچل میں پوجِت دیوی دیوتا، از ٹھاکر مولو رام)

ملائی چور

صاحب کا خانساماں رحیم بخش کھانا اچھا پکاتا تھا۔ انگلش بھی اور ہندوستانی بھی۔ کنبہ میں صرف چار ہی تو نفوس تھے۔ صاحب، میم اور دو بچے۔ صاحب نوابی خاندان سے تعلق رکھتے تھے۔ اس لیے تنخواہ کے علاوہ کافی پشتینی آمدنی بھی تھی۔ زمانہ دوسری عالمی جنگ سے پہلے کا تھا اور اشیائے خوردنی بہت سستی تھیں۔ صاحب کے کچن میں روز آٹھ سیر دودھ کا ایک مین، جس کی قیمت اُس وقت ایک روپیہ تھی، آتا تھا۔ یہ دودھ کوٹھی پر گوجر خود پہنچا کر جاتے تھے، رحیم بخش دُودھ کا استعمال کھلے دل سے کرتا۔ میم انگریز تھی۔ باورچی خانہ میں کبھی کبھار ہی جاتی اور اس طرح تمام سفید و سیاہ کا مالک رحیم بخش ہی تھا۔ بچوں کے علاوہ صاحب بھی دُودھ پینے کے شوقین تھے، مگر انھیں اکثر یہ شکایت رہتی کہ دُودھ پتلا ہوتا ہے اور اس پر گاڑھی ملائی کی پرت بھی نہیں ہوتی۔ رحیم بخش کہہ دیتا کہ صاحب گوجر اچھا دودھ نہیں دے رہے۔ گوجروں کو بار بار سرزنش ہوتی۔ وہ

ایمان کی قسم کھاتے کہ وہ صاحب کے دُودھ میں بالکل ملاوٹ نہیں کرتے۔ کچھ دِن دودھ میں بہتری محسوس ہوتی مگر پھر وہی ڈھاک کے تین پات والی بات رہتی۔

صاحب نے مقامی رینج افسر محکمۂ جنگلات کو بلایا اور اُس سے شکایت کی کہ گوجر انھیں اچھا دودھ نہیں دے رہے۔ گوجروں کو بھینس چَرانے کے پرمٹ جنگلات والوں سے ہی ملتے تھے لہٰذا وہ ان کے بہت زیرِ اثر تھے۔ رینج افسر نے گوجروں کو بہت ڈانٹ ڈپٹ کی اور دھمکی بھی دی کہ اگر دُودھ افسر موصوف کی تسلّی کے مُطابق نہ ہوا تو ان کے پرمٹ منسُوخ کر دِیے جائیں گے۔ گوجروں نے پھر قسمیں کھائیں اور کہا کہ جناب ہم تو بالکل خالص دُودھ دے رہے ہیں۔ ہماری کیا مجال کہ یہاں کے افسر اعلیٰ کے دُودھ میں ملاوٹ کریں۔ رینج افسر نے کہا کہ ہم پندرہ دن کے بعد صاحب موصوف سے پھر پوچھیں گے کہ ان کی تسلّی ہوئی ہے یا نہیں۔ رینج افسر صاحب کے خانساماں کو بھی کہہ آیا کہ اُس نے گوجروں کو خاص طور پر تنبیہہ کر دی ہے۔ میں پھر پندرہ دن کے بعد آپ سے اور صاحب سے دُودھ کی کوالٹی کے متعلق پوچھنے آؤں گا۔ اِن پندرہ دنوں میں تو صاحب کو اچھا اور ملائی والا دُودھ ملا مگر مہینے کے اندر اندر ہی پہلے کی حالت پھر نمودار ہوگئی۔ صاحب نے تنگ آکر بار بار کہنا چھوڑ دیا۔

ایک بار صاحب دو تین دن کے لیے باہر گئے مگر دوسرے ہی دن کسی وجہ سے واپس آگئے۔ موٹر سڑک سے ان کی کوٹھی کافی دُور پہاڑ پر تھی اور وہ یہ راستہ گھوڑے پر طے کرتے تھے۔ راستہ میں کیا دیکھتے ہیں کہ ایک درخت کے نیچے رحیم بخش ایک عورت کے ساتھ خوش گپیوں میں مصروف ہے اور ایک بڑی رکابی میں سے دونوں کچھ کھا رہے ہیں۔ رحیم بخش کو سوار کی آمد کی تبھی

خبر ہوئی جب گھوڑا آکر عین اُن کے سامنے رُک گیا۔ وہ دونوں صاحب کو گھوڑے پر دیکھ کر سُن ہو گئے۔ کاٹو تو بدن میں لہو نہیں۔ ہاتھ کا نوالہ جہاں تھا وہیں رُک گیا۔ صاحب نے دیکھا کہ رکابی میں مَلائی دار ربڑی ہے جو کھائے جانے کے باوجود اب بھی باقی تھی۔ صاحب نے گھوڑے کی چابک سے ایک ضرب رحیم بخش کی پیٹھ پر لگائی اور کہا کہ ہمیں اب معلوم ہوا ہے کہ مَلائی کہاں جاتی ہے۔

صاحب کو غصّے میں بھی ایک تمسخر سُوجھا۔ انھوں نے رحیم بخش کو حکم دیا کہ رکابی کو ہاتھوں میں اٹھائے اور عورت کو پیٹھ پر اور پھر ان کے گھوڑے کے آگے آگے کوٹھی کو چلے۔ اس طرح یہ جلوس روانہ ہوا۔ راستہ میں لوگ کھڑے ہو ہو کر دیکھتے کہ کیا عجب نظارہ ہے۔ پہاڑ میں بیماروں کو ہسپتال لے جاتے وقت اور نئے دولہوں اور دُلہنوں کو شادی کے وقت اگر کوئی اور بندوبست نہ ہو تو پیٹھ پر اٹھانے کا رواج تھا۔ مگر رحیم بخش خانساماں کی پیٹھ پر اس کی معشوق اور ہاتھ میں ربڑی کی رکابی اور پیچھے وہاں کا بڑا صاحب گھوڑے پر۔ یہ منظر ناواقفوں کو تو ہنسا گیا مگر جانکار لوگ دَم بخود دیکھنے لگے۔ رحیم بخش ہانپتا کانپتا کوٹھی پہنچا۔ وہاں میم، بچوں اور دوسرے نوکروں نے بھی رحیم بخش کی حالت دیکھی۔ صاحب نے میم سے انگریزی میں کہا کہ مَیں آج ملائی چوروں کو رنگے ہاتھ پکڑ کر لایا ہوں۔ کہو ان کا کیا کریں؟

میم صاحب رحیم بخش سے مخاطب ہوئی "ہم سمجھا تھا کہ ملائی تم اکیلے کھاتا ہے لیکن ساتھ میں تمھارا بلّی بھی ہے۔"

رحیم بخش نے میم اور صاحب دونوں کے پاؤں پکڑ لیے اور کہا "جناب بہت فضیحت ہو گئی۔ اب بس کریے۔ میری آئندہ کے لیے توبہ۔"

صاحب نے سوچا کافی پٹائی اور رُسوائی ہوگئی ہے۔ اس لیے ہنستے ہوئے بولے "رحیم بخش تم نے کہاوت سُنی ہوگی دس دن چور کے اور ایک دن شاہ کا، دیکھو قدرت نے تمھیں کیسے پکڑوا دیا۔ جاؤ معاف کیا۔ آئندہ ایسی حرکت نہ ہو۔"

۶۹

مَجبُوری کی عَیّاشی

ایک افسر نہایت کنجوس تھے۔ گو تنخواہ اچھی مِلتی تھی، مگر ان کی کوشش یہی رہتی تھی کہ زیادہ سے زیادہ دورے پر رہا جائے تاکہ سفر خرچ میں ہی تمام ماہ کی روٹی نکل آئے اور تنخواہ بچ رہے۔ دورے پر ان کے ساتھ نجی عملہ کا ایک بابو اور دو اردلی ہوتے جو اپنے کھانے کا انتظام خود کرتے۔ صاحب کا کھانا اُن کا نجی نوکر پکاتا تھا جسے انھوں نے ورک چارج عملہ میں سے رکھا ہوا تھا۔ اور اس طرح اس کی تنخواہ سرکاری خزانے سے ہی نکلتی تھی۔ ایک بار وہ دورے پر تھے اور کچھ سینئر افسران کا پروگرام بھی اُسی جگہ کے دورے کا بنا۔ انھیں رات تک پہنچنا تھا۔ ان صاحب نے اپنے بابُو کو بُلایا اور کہا کہ آج رات ہم آنے والے سینئر افسران کی دعوت کا بندوبست کریں گے۔ اُن دِنوں تمام رَسد بازار سے منگوا کر اور ریسٹ ہاؤس میں اپنے اَردلی سے پکوا کر ڈنر کا انتظام کیا جاتا تھا۔ ہوٹل ڈھابے وغیرہ چھوٹے مقامات پر نہیں ہوتے تھے۔ افسران کی سہولت کے لیے ہر پڑاؤ پر ایک دُکاندار

مقرر ہوتا تھا جو مقررہ قیمت پر اشیا مہیا کرتا تھا۔ خاص کر وہ اشیا جو ساتھ نہ اٹھائی جا سکیں۔ مثلاً انڈا، مُرغا، دودھ، لکڑی، گھاس، کوئلہ وغیرہ۔

باورچی نے مینو بنایا اور اُس میں مُرغ مرغن بھی شامل کیا گیا۔ بابُو کی ڈیوٹی لگی کہ مُرغے کا انتظام کرے۔ وہ پڑاؤ کے دُکاندار کے پاس گیا۔ دکاندار نے کہا کہ مُرغوں کے ڈربے میں سے بہترین مُرغ چھانٹ لیجیے۔ قیمت پانچ روپے ہوگی جو سرکار کی طرف سے مقررہ بھاؤ ہے۔ بابُو نے سوچا کہ صاحب بہت کنجوس آدمی ہے شاید یہ رقم زیادہ سمجھے اس لیے وہ مُرغا اٹھوا کر صاحب کے پاس آیا اور کہا کہ یہ مُرغ پانچ روپے مقررہ بھاؤ میں مل رہا ہے کیا لے لیا جائے۔ حسبِ توقع صاحب بگڑا اور کہا کہ اس کے گاؤں میں تو مُرغی بارہ آنے ایک روپے میں ملتی تھی۔ یہ اس قدر مہنگا کیوں۔ یہ مرغا ہے یا بکرا؟ بابُو نے عرض کیا کہ صاحب اس پڑاؤ کا یہی بھاؤ مقرر ہے۔ مگر صاحب کی تسلی نہ ہوئی۔ اور اس نے کہا "کوئی اور بندوبست کرو"۔ بابُو نے مجبوراً علاقہ کے نمبردار سے رونا رویا۔ وہ بولا "صاحب گاؤں میں چھوٹی چھوٹی مرغیاں ہیں۔ وہ بھی بارہ آنے یا ایک روپیہ میں تو کیا ملیں گی۔ شاید دو تین روپے تک بات بن جائے۔ آخر کار وہ ایک مُرغی جو وزن میں پانچ روپے والے مُرغے سے نصف ہی ہوگی۔ دو روپے میں لے آیا۔ یہ پھر پیش کی گئی اور بالآخر صاحب نے خرید کی منظوری دے دی۔ ماش کی دال، آلو کی ترکاری، چاول کی کھیر، چپاتیاں اور مرغِ مرغن کا ڈنر تیار ہو گیا۔ رات کو افسرانِ بالا پہنچ گئے۔ صاحب نے استقبال کے بعد انھیں ڈنر کے لیے دعوت دے دی مگر انھوں نے معذوری ظاہر کی کیونکہ وہ پہلے ہی کسی اور کے یہاں ڈنر لینا قبول کر چکے تھے۔

باورچی اور صاحب دونوں گوشت خور نہیں تھے۔ اب ان میں باہم مشورہ ہوا کہ باقی چیزیں تو ہم دو تین بار میں کھا لیں گے مگر مُرغی کا کیا کیا جائے۔ آخر صاحب نے اردلی کو کہا کہ بابُو کو بلا لائے۔ وہ آیا تو صاحب نے پوچھا "کیا تم مُرغا کھا لیتے ہو؟" بابُو نے جواب دیا کہ کبھی کبھار مل جائے تو کھا لیتا ہوں۔ وہ مَن میں سوچ رہا تھا کہ شاید آج اُسے یہ مجبوری

۶۱

کی مہربانی ہونے والی ہے۔ صاحب نے کہا کہ بھئی دیکھو مُرغی تم نے ہی دو روپیوں میں خرید کر دی ہے۔ اس کی تیاری پر گھی اور مصالحے پر کم از کم تین روپے اور خرچ آیا ہے۔ محنت الگ، پانچ روپے تم ہمیں دے دو اور مُرغی کھالو۔ بابُو نے مُرغی کی دیگچی لے لی اور یہ سمجھ کر کھالی کہ دو دنوں کے سفر بھتہ میں بھی عیاشی سہی۔ اگر صاحب اِسے بازار میں بیچ دینے کے لیے کہتا تو وہ اِسے کہاں لیے پھرتا۔

آئینے زندگی کے (افسانے)

بہاری لال بہار شملوی

۷۳

خانوں کے خان مہمان

ایک بار ایک سِول افسر کے دانتوں میں تکلیف ہوئی۔ مقامی اسسٹنٹ سرجن نے معائنہ کیا۔ درد کی دوا دی مگر ساتھ ہی مشورہ دیا کہ دانت کسی کوالیفائڈ ڈینٹل سرجن سے نکلوائیں۔ عام ہسپتال میں نکلوانا ٹھیک نہ رہے گا۔ کئی بار دانت نکالتی بار ٹوٹ جاتا ہے اور پھر جڑ نکالنی مشکل ہوجاتی ہے یا مسوڑھے میں زیادہ زخم ہوجاتا ہے تو خون بہت جاتا ہے۔ دو چار دن افسر موصوف نے درد کی گولیاں کھائیں مگر افاقہ نہ ہوا۔ اس قصبہ میں کوئی کوالیفائڈ دانتوں کا ڈاکٹر نہ تھا اور نزدیک ترین شہر جہاں دانتوں کا جدید علاج میسر تھا تقریباً پچاس میل دُور تھا اور دوسرے ضلع میں واقع تھا۔ اس لیے جانے کے لیے خاص طور پر پروگرام بنانا پڑتا تھا اور چھٹی لینی پڑتی تھی۔ اردلی نے مشورہ دیا کہ جناب جب میرے دانتوں میں درد ہوا تھا تو مَیں نے اپنا ایک دانت ایک مقامی جراح سے نکلوایا تھا اور اس نے صرف دو روپے لیے تھے اور خون بھی کوئی خاص زیادہ نہیں نکلا تھا۔ صاحب نے اردلی کو کہا کہ اُس جراح کو یہیں بلا لائے۔

۷۴

مقامی جراح نے آکر جیسے ہی اپنے اوزار چمڑے کے تھیلے سے نکالے تو صاحب ان کی شکل اور صفائی کی حالت دیکھ کر ہی ڈر گیا اور اُس جراح سے دانت نکلوانے سے انکار کر دیا۔ اب فیصلہ ہوا کہ دانت قریبی شہر میں ہی نکلوائے جائیں۔ مگر اس کے لیے جانے آنے ٹھہرنے کا خرچ تو جیب سے کرنا پڑے گا۔ یہ انہیں منظور نہ تھا۔ انھوں نے سوچنا شروع کیا کہ کسی طور وہاں کا دَورہ بن جائے تو اچھا رہے گا۔ آنے جانے کا سفر الاؤنس بن جائے گا اور وہاں کے ایک اعلیٰ افسر ہمارے پُرانے دوست ہیں۔ رہائش اور کھانے کا بندوبست اُن کے ہاں ہو جائے گا۔ انھوں نے اپنے ماتحت ریونیو افسر کو بلایا اور پوچھا کہ کوئی خاص مسئلہ ہمارے علاقے کا بتاؤ جو ہمارے ساتھ کے ضلع کے ہیڈ کوارٹر میں جانے سے حل ہو سکتا ہو۔ ماتحت افسر نے دماغ پر بہت زور ڈالا مگر اسے ایسا کوئی مسئلہ خیال میں نہ آیا۔ پھر افسر صاحب نے سپلائز کے انسپکٹر کو بلا کر پوچھا کہ یہاں کس خاص چیز کی تنگی ہو جس کا ساتھ کے ضلع سے بندوبست ہو سکتا ہو تو بتاؤ، کیونکہ ہمارا پروگرام وہاں جانے کا بن رہا ہے۔ انسپکٹر کائیاں تھا، بھانپ گیا کہ منفی جواب ٹھیک ردِ عمل نہیں دے گا۔ تھوڑی سوچ کے بعد بولا "جناب۔ آج کل یہاں مویشیوں کے کھانے کے نمک کی کچھ قلت چل رہی ہے۔ ساتھ کے ضلع میں کالے نمک کی کانیں ہیں اگر وہاں کے حکام سے بات چیت ہو جائے تو فالتو اسٹاک منگوایا جا سکتا ہے۔"

افسر موصوف انسپکٹر کے جواب سے خوش ہوئے۔ اُس کی تعریف کی کہ "تم واقعی ذہین اہل کار ہو۔ تمہیں اپنے کام کا بورا پتہ ہے۔ ہم اِسی سلسلے میں دورہ بنائیں گے اور وہاں کے حکام سے بات کریں گے۔"

چونکہ دورہ اپنے علاقے سے باہر کا تھا لہٰذا اپنے کنٹرولنگ افسر کی پیشگی منظوری ضروری تھی جو کہ بذریعہ سرکاری تار حالات کی نزاکت کو بیان کر کے حاصل کر لی گئی۔ اُن دنوں افسران کو سرکاری جیپیں دَورے کے لیے نہیں دی گئی تھیں۔

کچھ بڑے بڑے افسروں کے پاس ہی اپنی کاریں تھیں۔ صاحب موصوف بس سے ہی سفر کرتے تھے۔ بس میں تین سیٹیں بُک کروا دی گئیں۔ ایک صاحب کے لیے، ایک اُن کے نجی نوکر جو بطور سرکاری اردلی بھی کام کرتا تھا، کے لیے اور تیسری بابو کے لیے۔

تین گھنٹے بعد بس مقامِ مقصود پر پہنچ گئی۔ صاحب اور ان کا اردلی تو وہاں کے افسرِ اعلیٰ کے بنگلہ پر چلے گئے اور بابو نے اپنی رہائش کا انتظام ایک کم خرچ ہوٹل میں کر لیا۔

دانت نکلوانے سے پہلے صاحبِ موصوف نے وہاں کے حکام سے ٹیلی فون پر بات کر لی (اُس شہر میں ٹیلی فون کی سہولت میسر تھی) کہ اُن کے علاقہ میں کالے نمک کی کمی چل رہی ہے۔ کچھ ٹرکوں کے پرمٹ یہاں سے برآمد کرنے والوں کو دے دیے جائیں اور اس طرح سرکاری کام سے سُرخرو ہو گئے۔ اب ڈینٹل سرجن سے دانت نکلوانے کا وقت لیا گیا۔ اُس نے اُسی دن دو دانت نکال دیے اور دوائی دے کر کہا کہ نرم غذا کا استعمال کریں۔ اور لال دوائی (پوٹاشیم پرمینگنیٹ) کے پانی کے غرارے کریں۔ اگر واپس اپنے شہر جانا چاہیں تو جا سکتے ہیں۔ واپس اگلی صبح ہی ہو سکتی تھی۔ لہٰذا اُس دن وہیں قیام ہوا۔ تیسرے دن بذریعہ بس واپسی ہوئی۔ اُن دنوں سڑک کے تقریباً پچیس میل حصہ پر ایک طرفہ ٹریفک ہوتا تھا۔ اور راستہ میں ایک پڑاؤ پر دوسری طرف سے آتے ہوئے ٹریفک کا انتظار کر کے بسیں چھوڑی جاتی تھیں۔ جب وہاں بس رُکی تو اردلی روٹی کی تلاش میں ایک ڈھابہ پر گیا۔ بابو نے پوچھا "بھئی تم تو ایک افسرِ اعلیٰ کے مہمان تھے۔ کیا روٹی کھا کر نہیں آئے؟" تو وہ بولا "بابو جی جانے دو۔ مجھ پہ جو بیتی، نہ پوچھو تو اچھا ہے۔ دانت نکلوانے کے بعد صاحب کی خوراک تو حلوہ مقرر ہو گئی۔ میزبان صاحب کی میم نے مجھے چھ چمچ سوجی، دو چمچ گھی اور تین چمچ کھانڈ دے دی اور کہا کہ اپنے صاحب کے لیے حلوہ بنا دو۔ بھی

مینو رات کو دُہرا دیا گیا۔ جب ہمارے صاحب نے روٹی نہیں کھائی تھی تو ہمیں بھی کسی نے نہ پوچھا۔ آج صبح جب ہماری واپسی تھی تو مَیں نے اُن کے نوکر کو جگایا اور کہا کہ ہمارے صاحب کے لیے چائے پانی کا بندوبست کر دو۔ ہم جا رہے ہیں۔ نوکر جگانے کے باوجود چپ سادھے رہا اور جب مَیں نے اُس کی رضائی ہٹائی اور اُسے کہا اُٹھتے کیوں نہیں تو وہ بولا "میم صاحب نے کہا ہے کہ جب یہ لوگ چلے جائیں تو بستر سے اُٹھنا۔"

۷۷

مالِ غنیمت

کچھ دُکانوں میں آگ لگی ہوئی تھی۔ شہر میں خوف کا ماحول تھا۔ لوگ گھروں میں سکڑے بیٹھے تھے۔ بازار بند تھے۔ ایک فرقہ کے لوگ اپنے گھر اور دکانیں بند کر کے کیمپ میں چلے گئے تھے جہاں پولیس کا پہرہ تھا۔ پولیس مین کم پڑ گئے تھے اور شہر کے بیشتر حصّہ میں لوگ اپنی حفاظت کے لیے خود سوچنے پر مجبور تھے۔ دفعتاً افواہ پھیلی کہ شہر کے ایک بازار میں جہاں سے لوگ نکل گئے ہیں، لُوٹ مار مچ گئی ہے۔ فتّو ایک دُکان پر ملازم تھا۔ لمبا تڑنگا، نوجوان، مجرّد۔ اس کے بھی مَن میں آیا کہ آج ہاتھ رنگ لو۔ ہر مہینہ جو تھوڑی بہت تنخواہ ملتی ہے اُس سے تو صرف روٹی ہی چلتی ہے۔ تین خالی بوریاں بغل میں دبائیں۔ ہاتھ میں لمبا سا ڈنڈا لیا اور نکل پڑا۔ جب بازار میں پہنچا تو دیکھا کہ لٹیروں نے تالے توڑ ڈالے ہیں اور مال اُٹھا اُٹھا کر لے جا رہے ہیں۔ اس نے بھی پتھروں کی مدد سے ایک دُکان کا تالا توڑا۔ ایک دو تختے ہٹائے اور دُکان میں گھس گیا۔ یہ جوتوں کی دُکان تھی اور زیادہ تر "فلیکس" کے

جُوتوں کے ڈبّے ریکوں میں لگے ہوئے تھے۔

اُس نے یکے بعد دیگرے تینوں بوریاں جُوتوں کے ڈبّوں سے بھریں۔ پھر باہر نکل کر دیکھا کر کوئی پولیس مَین وغیرہ تو نہیں آیا۔ جب اطمینان ہو گیا کہ ایسا کچھ نہیں اور لُوٹ جاری ہے تو ایک بوری اٹھا کر گھر کی طرف چلا۔ اس وقت تک ایک دو اور لُٹیرے وہاں آ گئے۔ اُن سے سمجھوتہ ہوا کہ وہ اس کی بھری ہوئی بوریوں کو نہ چھیڑیں گے۔ فتّو نے یکے بعد دیگرے اپنی بھری ہوئی تینوں بوریاں اپنے گھر پہنچا دیں۔ تھوڑی دیر میں بازار میں پولیس آ گئی اور کرفیو لگ گیا۔

اگلے دو تین دِنوں میں کئی جگہ چوری کا مال برآمد کرنے کے لیے چھاپے پڑے مگر فتّو کی بوریاں محفوظ رہیں کیونکہ اس پر کسی کو شک نہ ہوا۔ کئی مہینوں تک وہ گُم سُم رہا۔ کسی سے کوئی ذکر نہیں کیا۔ جب حالات سکون پر آ گئے تو اس نے شہر سے دُور ایک گاؤں میں ایک میلے پر دُکان لگائی۔ ڈبّے اُن پر لکھے نمبروں کے مُطابق سجا دِیے۔ اُن دِنوں ڈبّوں یا جوتوں پر قیمت لکھی نہیں رہتی تھی۔ اپنے اندازے کے مُطابق بازار سے بیس پچیس فیصد قیمت کم رکھی۔ جب پہلا گاہک آیا تو اُس کے پیروں کے مُطابق جُوتوں کی تلاش شروع ہوئی۔ ایک ڈبّہ میں سے ایک پیر میں تو جُوتا ٹھیک آ گیا جو کہ نمبر آٹھ تھا مگر اُسی ڈبّے میں دوسرا جُوتا نمبر چھ کا تھا۔ اُس نے کئی ڈبّے کھول دِیے۔ سب میں جُوتوں کی یہی حالت پائی۔ کہیں نمبر جُدا، کہیں رنگ جُدا اور کہیں ڈیزائن جُدا۔ آئے ہُوئے گاہک ہنس اُڑا کر چلتے بنے۔

میلے میں بات ہونے لگی کہ ضرور کہیں سے چوری یا لُوٹ کا مال اُٹھا لایا ہے۔

فتّو نے جلدی جلدی جوتے پھر ڈبّوں میں ڈالے۔ سوچا اِس قسم کے جوتوں کے جوڑے بکیں گے تو نہیں۔ البتہ اسے مصیبت میں ڈال سکتے ہیں۔ اُس نے لُٹے ہوئے دُکاندار کو غائبانہ داد دی کہ کیا کائیاں شخص تھا جو خود تو لُٹ گیا مگر لُوٹنے والوں کے ہاتھ

بھی کچھ نہ آنے دیا۔ وہ تینوں بوریاں لے کر دریا کے پُل پر آیا اور اُنھیں دریا میں پھینک دیا اور یہ سوچتا ہوا گھر روانہ ہو گیا کہ محنت سے روٹی کمانے والے کی قسمت میں مُفت کا مال کہاں۔ حرام کی کمائی کرتے کرتے کچھ حلال کے پیسے بھی گئے۔ البتہ اسے اس احساس سے بھی راحت ہو رہی تھی کہ دیگر جوتے لوٹنے والوں کا بھی یہی حشر ہوا ہوگا۔

۸۱

الفاظ کا المیہ

پنجاب میں آزادی سے پہلے چند ہی سب ڈویژن تھے۔ سب ڈویژن کا سول حاکم ایک جونیر آئی سی ایس یا کوئی سینئر پی سی ایس افسر ہوتا تھا اور اسے سب ڈویژنل آفیسر کہتے تھے۔ مگر اسے ضابطۂ فوجداری کے تحت مجسٹریٹ درجۂ اول اور دفعہ ۳۰ کے اختیارات بھی حاصل ہوتے تھے۔ اس لیے اسے سب ڈویژنل مجسٹریٹ یا ایس ڈی ایم بھی کہتے تھے۔ مگر اُس زمانہ میں حکومت کے کاغذات میں اس کا عہدہ سب ڈویژنل افسر ہی لکھا جاتا تھا۔ محکمہ پی ڈبلیو ڈی اور دوسرے محکمہ جات میں بھی اسسٹنٹ انجینیر کو سب ڈویژنل افسر ہی کہا جاتا تھا۔ اس لیے انتظامیہ کے سب ڈویژنل افسر کو بریکٹ میں (سول) بھی لکھا جاتا تھا، تاکہ امتیاز رہے مگر عُرفِ عام میں اسے ایس ڈی او صاحب ہی کہتے تھے۔

ہمارے سب ڈویژن میں پی سی ایس کے ایک سینئر افسر تعینات ہوئے۔ اس سے قبل وہ ضلع ہیڈ کوارٹر میں اے ڈی ایم تھے۔ ڈپٹی کمشنر نے انھیں اسی ضلع

کی ایک دُور افتادہ تحصیل کے تین پٹواریوں کے خلاف؛ جو معطّل تھے انکوائری کا کام بھی سونپا۔ اس لیے انھیں ہر تیسرے ماہ وہاں جانا ہوتا تھا جو بس کے ذریعہ ڈیڑھ دن کا راستہ تھا۔ اُن دِنوں ایس ڈی او سول کو کوئی سرکاری کار یا جیپ نہ ملتی تھی۔ لہٰذا وہ پہلے دن ضلع ہیڈ کوارٹر کو بذریعہ بس جاتے اور دوسرے دن پھر بذریعہ بس صبح چل کر دوپہر تک اُس تحصیل میں پہنچ جاتے۔ بسیں چھوٹی ہوتیں یعنی کہ سترہ سیٹر ——— ان میں بیٹھنے کا انتظام اس طرح ہوتا۔

ڈرائیور کے برابر میں ایک سیٹ جسے فرنٹ سیٹ کہا جاتا۔ ڈرائیور کی پُشت پر بس کی چوڑائی میں آمنے سامنے دو بنچ جن پر چار چار مسافر بیٹھتے اور پھر باقی جگہ میں لمبائی کے رُخ آمنے سامنے ہی دو بنچ جن پر بھی چار چار مسافر بیٹھتے۔ افسر عموماً فرنٹ سیٹ پر سفر کرتے کیونکہ اس طرح وہ عام مسافروں سے آگے اور الگ اپنی جُداگانہ شخصیت برقرار رکھتے۔ افسر کے عملے کا کوئی رُکن ایک دن پہلے بکنگ کلرک کو افسر کے سفر کی اطلاع دے دیتا اور جگہ بھی بتا دیتا جہاں سے افسر بس پر چڑھنے والے ہوتے۔ یہ انتظام تسلّی بخش طور پر چلتا ——— اور کسی کو اعتراض نہ ہوتا۔

بعض اوقات تو سواریوں سے بھری بس اڈّہ سے افسر کی کوٹھی کو لے جائی جاتی اور وہاں سے افسر صاحب سب کو کچھ دیر انتظار کروانے کے بعد اپنی سیٹ پر رونق افروز ہوتے۔

ایک بار افسر مذکور پٹواریوں والے کیسوں کی سماعت کے سلسلہ میں پہلے دن ضلع ہیڈ کوارٹر کو چلے گئے۔ اُسی روز شام کو ان کے اردلی نے شوالک ٹرانسپورٹ کمپنی کے بکنگ کلرک کو کہا کہ کل صبح کی بس سے ہمارے ایس ڈی او صاحب فلاں تحصیل ہیڈ کوارٹر تک فرنٹ سیٹ میں سفر کریں گے اور کچہری اڈّہ پر بس میں بیٹھیں گے۔

بکنگ کلرک جو ایک پنجابی تھا، نے جواب دیا "اوے کل تے میں آپے جاناں اے۔ فرنٹ سیٹ خالی نہیں۔" (کل تو مجھے خود جانا ہے۔ فرنٹ سیٹ خالی نہیں) اُردلی نے دُہرایا کہ ہمارے صاحب فرنٹ سیٹ میں ہی سفر کرتے ہیں۔ تو بکنگ کلرک بولا "اوئے تیرے صاحب دا پچھے بیٹھے دا لک دُکھدا ہے؟" (کیا پیچھے بیٹھ کر تیرے صاحب کی کمر دُکھتی ہے؟)

اُردلی واپس آگیا۔ اور دوسرے دن ایس ڈی او صاحب کو ڈرائیور کے پیچھے بنچ پر جگہ ملی۔ اُردلی سے بکنگ کلرک کی گفتگو کا احوال ملنے پر وہ پہلے ہی سیخ پا تھے۔ پیچھے کی سیٹ پر بیٹھنے کے بعد اُن کا پارہ اور بھی بلند ہوگیا۔ تحصیل میں پہنچنے پر انھوں نے چار بجے تک کام نپٹایا اور ایس ایچ او (مقامی تھانیدار) کو کہا کہ وہ ایک باوردی ہیڈ کانسٹبل ان کے واپسی سفر میں ضلع ہیڈ کوارٹر تک اُن کے ساتھ بھیجیں۔ افسر صاحب فرنٹ سیٹ پر بیٹھ گئے اور ہیڈ کانسٹبل اُن کے پیچھے والے بنچ پر۔ اب راستہ میں جہاں بھی شوالک ٹرانسپورٹ کمپنی کی بس آتی وہ اسے کھڑی کرواتے اور ہیڈ کانسٹبل کو اُس بس میں چڑھا کر موٹر وہیکل ایکٹ کے تحت بس کے نقائص، گِھسے ہوئے ٹائر، ٹُول بکس اور فسٹ ایڈ بکس کا نامکمل ہونا، پیچھے دیکھنے والے شیشے کا نہ ہونا یا گرد آلُود ہونا، فاضل ٹائر نہ ہونا یا اس کا پنکچر حالت میں ہونا وغیرہ وغیرہ۔ یعنی جو نقائص ہر بس میں موجود ہو سکتے ہیں، ان کو درج کر لیتے۔ تین چار گھنٹوں میں چودہ بسیں چیک ہوئیں اور سب ڈرائیوروں کے لائسنس لے لیے گئے۔ رات کو صاحب ضلع ہیڈ کوارٹر کے ریسٹ ہاؤس میں ٹھہر گئے۔ اس چیکنگ کا شور کمپنی کے ہیڈ آفس تک پہنچ گیا۔ کوئی کہتا بڑا سخت ٹرانسپورٹ کنٹرولر آیا ہے۔ کوئی ایس پی سمجھتا اور کوئی ٹرانسپورٹ اتھارٹی کا چیرمین۔ کیونکہ ان صاحب کو اس علاقہ میں ڈرائیوروں نے پہلی بار دیکھا تھا۔ کمپنی کے مینجنگ ڈائرکٹر کو خبر ملی۔ اُس نے سمجھ لیا کہ کوئی اَن ہونی بات ہوئی ہے جو چودہ چالان ایک دن میں ہوئے ہیں۔ ورنہ ہم سے تو تمام محکمۂ پولیس خوش ہے۔ دوسرے دن ضلع ہیڈ کوارٹر پر گیا۔ پتہ لگا کہ اُس ایس ڈی ایم کا کام ہے جو ریسٹ ہاؤس میں ٹھہرا ہوا

ہے۔ وہ بکنگ کلرک کو لے کر حاضر ہُوا۔ معافی مانگی۔ بکنگ کلرک نے ہاتھ جوڑے اور کہا۔ "صاحب میں نے سمجھا کہ کسی فالتو محکمے کا ایس ڈی او جا رہا ہے مجھے معلوم نہ تھا کہ جناب ایس ڈی ایم صاحب جا رہے ہیں، ورنہ گستاخی نہ ہوتی۔ ابھی تک چالان کاٹے نہیں گئے تھے۔ بارہ لائسنس واپس ہُوئے مگر دو معاملوں میں جہاں بسوں میں بہت زیادہ نقائص اور موٹر وہیکلز ایکٹ کی خلاف ورزی پائی گئی تھی، چالان کر دیے گئے۔

تین ماہ بعد پھر ایک بار اُسی تحصیل کے دورے کا پروگرام بنا اور صاحب کا وہی اردلی اُسی بکنگ کلرک کے پاس کہنے گیا کہ ہمارے ایس ڈی او صاحب کل صبح فرنٹ سیٹ سے فلاں جگہ جانا چاہتے ہیں تو وہ بولا " بھراں توں پھر ایس ڈی او ای کہہ رہیا ایں۔ ایس ڈی ایم کہہ پچھلی وری بتیرا بھگت لییا۔ اُنہاں نوں سیٹ ضرور ملو گی" (بھیا تم پھر ایس ڈی او کہہ رہے ہو۔ ایس ڈی ایم کہو نا۔ میں پچھلی بار کافی سزا بھگت چکا ہوں۔ ان کو تو فرنٹ سیٹ یقیناً ملے گی)

۸۵

کُنبہ بندی

محکمۂ صحت کی طرف سے ایک دعوت نامہ موصول ہوا کہ سرکاری طور پر فلاں قصبے میں ایک مشاعرہ کنبہ بندی کے موضوع پر فلاں تاریخ کو شام کے وقت مقامی میدان میں منعقد ہو رہا ہے۔ آنے جانے کا کرایہ، رہائش کا بندوبست اور مبلغ دو صد روپیہ بطور معاوضہ ملیں گے۔ قبولگی سے مطلع فرمائیں۔

دعوت نامہ بخوشی منظور کر لیا گیا اور ہم بمعہ اپنے دو مقامی دوست شعرا کے، جنھیں بھی مدعو کیا گیا تھا، وہاں بذریعہ بس وارد ہو گئے۔ چیف میڈیکل آفیسر اور وہاں کے ضلع ادھیکاری سے ملاقات کے بعد رہنے کی جگہ اور مشاعرہ کے مقام کا پتہ کیا اور شام سات بجے نہا دھو کر کپڑے بدل کر بیاض ہاتھ میں لی اور پنڈال میں پہنچ گئے۔ ابھی اگلی کرسیوں پر کچھ لوگ براجمان تھے۔ اسٹیج پر ناظم، مائیک کا بندوبست کرنے والے اور کچھ لوگ موجود تھے۔ ہم بھی پنڈال میں اپنے دوست شعرا کے ہمراہ کرسیوں پر بیٹھ گئے۔ تھوڑی دیر میں پنڈال بھر گیا۔ بیشتر اسکول اور کالج کے طلبا تھے جنھیں کنبہ بندی

سے تو کوئی دلچسپی نہ تھی مگر اس موضوع پر شعر سننے کا شوق ضرور رہا ہوگا۔ کچھ اس سیاسی پارٹی کے لوگ بھی تھے جس کے منسٹر نے صدارت کرنی تھی۔ عورتیں بہت کم تھیں مگر جو بھی آئی تھیں ضرور ہمت کر کے آئی ہوں گی۔ کچھ ہلچل ہوئی اور پتہ لگا کہ صاحبِ صدر تشریف لا رہے ہیں۔ اُن کا پھولوں کی مالاؤں سے سواگت ہوا۔ چیف میڈیکل آفیسر نے سواگت میں کچھ کہا۔ اپنے ضلع کے اعداد و شمار بتلائے اور مائیک ناظمِ مشاعرہ، جو ایک سربرآوردہ شاعر تھے، کے سپرد ہوئی۔ انھوں نے تمام شعرا حضرات سے درخواست کی کہ وہ اسٹیج پر تشریف لے آئیں۔ شمع روشن ہوئی اور باری باری شاعر مائیک پر آنے لگے۔ مشاعرہ کامیاب رہا۔ خوب واہ واہ ہوئی۔ صاحبِ صدر نے اپنا بھاشن دیا۔ ان کا شکریہ ادا کیا گیا اور مشاعرہ اختتام کو پہنچا۔ چند شعرا کے کچھ اشعار جو مجھے یاد رہے کچھ اس طرح تھے:

جنابِ شہاب للت

قہقہوں کے شور میں خوش ہے بہت دُلہا میاں
کیسے بیٹھا ہے اکڑ کر دوستوں کے درمیاں
یہ اکڑفوں تیری پیارے سب ہوا ہو جائے گی
زندگی کی ہر خوشی تجھ سے خفا ہو جائے گی
آج تو ہے جلوہ گر بیدی پہ تُو اکڑا ہوا
چند برسوں میں ملے گا قرض میں جکڑا ہوا
گھیر لے گی چند سالوں میں تجھے بچوں کی فوج
دیکھنا تجھ کو بہت مہنگی پڑے گی من کی موج

۸۷

جناب نریش چند ساتھی

زندگی خود ہی اپنے کندھوں پر
اپنی ارتھی اٹھائے گی اِک دن
اور بڑھتی ہوئی یہ آبادی !!
جانے کیا گل کھلائے گی اِک دن

جناب سُریش چند شوق

سنجیدگی سے سوچیے کب تک جئیں گے یوں
زہراب رنج و درد کا کب تک پئیں گے یوں
کوشش ہر ایک جاتی ہے بیکار، کیا کرے
افراد بڑھتے جائیں تو سرکار کیا کرے

جناب کامل سنگھ جمال

چراغ محبت کے جلنے سے پہلے
محبت میں دل بجھ گیا ہے کسی کا
محبت بدلتی ہے نفرت میں اکثر
اگر بھوک کا سوچنا ہے کسی کا

جنابِ عادل سرموری

کیا ہے اپنے گھروں پر ہمیں نے خود حملہ
دفاعِ ملک کی فکر، مکاں کی بات کرو
میں خود پھنسا ہوں مصیبت میں ساتھ بچوں کی
مرے سکون مری داستاں کی بات کرو

جنابِ بہار کلسوی

ہیں آپ کے ہاتھوں میں بہاریں بھی خزاں بھی
آشاؤں کا گلشن بھی ہے آہوں کا دھواں بھی
آواز سنو وقت کی کیا اس نے کہا ہے
جو ساتھ چلا میرے وہی باقی رہا ہے

قیام وطعام کا بندوبست مقامی ریسٹ ہاؤس میں تھا۔ کھانے کے بعد ریسٹ ہاؤس کا چوکیدار صبح کا پروگرام پوچھنے آیا اور ساتھ ہی بولا کہ اُس نے بھی مشاعرہ سنا ہے۔ اس نے میٹرک تک اُردو پڑھی تھی مگر اب تک بہتر نوکری نہ مل سکی۔ اُسے شعر پسند آئے تھے۔ ہم نے اس سے پوچھا کہ کیا تُم بھی اِن شعروں میں دی گئی نصیحت پر عمل کروگے۔ وہ بولا اب تو لوگوں کی اپنی مرضی ہے کہ نصیحت پر کان دھریں یا نہ دھریں۔ کوئی مجبوری تو نہیں۔ ایک ہم تھے کہ اس طرح دھر لیے گئے تھے جیسے کسی چرواہے کا بکرا ہو یا کوئی آوارہ گرد سانڈ۔ ہمیں اس کی گفتگو میں دلچسپی پیدا ہوئی اور اُسے بٹھا کر پوچھا کہ تفصیل سے کہو کہ تمہارے ساتھ کیا ہوا تھا۔ وہ بولا صاحب ایمرجنسی کا زمانہ

تھا۔ سرکار کا کنبہ بندی کا پروگرام زوروں پر تھا۔ جو سرکاری ملازم اس کا فائدہ نہیں اٹھا رہے تھے انھیں تبادلہ اور تنزل کے احکام جاری ہو رہے تھے۔ جو لوگ اس میں نمایاں حصہ لے رہے تھے اُن کا محترک تھا انعام اور ترقی کا لالچ کئی لوگ رضامندی سے اور کئی زبردستی لائے جا رہے تھے۔ شامیانے اور خیمے نصب تھے — ہسپتالوں میں جگہ کم پڑ گئی تھی۔ ایک دو دن میں ہی چھٹی ہو رہی تھی۔ بعض کو آپریشن کے فوراً بعد ہی جیپ میں بٹھا کر رخصت کر دیا جاتا۔ کئی ٹھیک ہو کر جا رہے تھے اور کئی مستقل تکلیف ساتھ لے جا رہے تھے۔ چھاپے مارے جا رہے تھے اور جو جہاں جس طرح قابو میں آیا، ہسپتال لے جایا جا رہا تھا۔ کئی لوگ ڈر کے مارے گھر پر سوتے ہی نہیں تھے۔ راتیں کہیں دُور جگہوں، گھراٹوں، ٹیکوں، دوگہروں وغیرہ میں کاٹتے تھے۔ اس لام بندی میں برہمچاری، سنیاسی، بُوڑھے، بُڑھیا، بیوہ، جوان کسی کی تمیز نہیں تھی۔ ڈاکٹر افسر سب اپنا اپنا ریکارڈ بنانے پر تُلے ہوئے تھے۔ جو قابو آیا اس کی نس کاٹ دی گئی۔

مَیں اُن دِنوں گاؤں میں رہتا تھا۔ میری تین بیٹیاں تھیں۔ عمر ابھی پچیس سال تھی۔ اولادِ نرینہ کی اُمید تھی۔ بیوی اور ماں مجھ سے زیادہ خواہش مند تھیں۔ میں اس لیے نس بندی نہیں کرانا چاہتا تھا۔ گاؤں کا گرام سیوک، نمبردار، ہیلتھ ورکر سب کہہ چکے تھے کہ مجھے بھی نس بندی کروانی پڑے گی۔ سوچتا تھا پتہ نہیں کب یہ لوگ مجھے بھی بکرے کی طرح پکڑ کر لے جائیں۔ اس لیے بڑی رات تک جاگتا تھا۔ دن میں گھر سے دُور رہتا تھا۔ اِس طرح کچھ وقت گزر گیا۔ ایک رات گاؤں میں چھاپہ پڑا۔ کئی لوگ دھر لیے گئے۔ مجھے پتہ لگ گیا اور مَیں بیوی سمیت بھاگنے میں کامیاب ہو گیا۔ بچے اور بُوڑھے والدین گھر پر رہ گئے۔ ہم بھاگ کر ایک کھڈ میں چٹانوں کے پیچھے چھُپ گئے۔

بڑی دیر ہم اسی طرح بیٹھے رہے اور پھر نکل کر چلنے لگے کہ اتنے میں جھاڑیوں سے آواز آئی "وہ چٹانوں سے نکل کر دو جانور جاتے لگتے ہیں۔ گولی بھرو"۔ شاید شکاری تھے اور ہمیں جنگلی سؤر سمجھ رہے تھے کیونکہ اس علاقہ میں رات کو انہی کا شکار ہوتا تھا۔ مَیں نے شور مچایا کہ

ہم آدمی ہیں اور اس طرح گولی سے بچ گئے۔ صبح جب گھر پہنچے تو دیکھا کہ بچے رو رہے ہیں۔ انھوں نے بتایا کہ باپو اور اماں کو پکڑ کر لے گئے ہیں۔ بھاگا بھاگا کنبہ بندی کیمپ میں پہنچا تو پتہ لگا کہ انھیں آپریشن کے لیے بٹھا لیا گیا ہے کہ لڑکے کا آپریشن کرواؤ ورنہ ان کا کر دیا جائے گا۔ عجب مشکل تھی کہ اگر انھیں بچاتا تھا تو خود پھنستا تھا اور اگر خود بھاگتا تھا تو بوڑھے بوڑھی کی نسیں مفت میں کاٹ دی جاتی تھیں۔ آخر والدین کی محبت غالب آئی اور انھیں چھڑانے کے لیے مجھے "آتم سمرپن" کرنا پڑا۔ اب اولادِ نرینہ کی آرزو کو مستقل طور پر دفن کر چکا ہوں۔

ہمیں اس کی اِس دردناک کہانی میں کنبہ بندی میں جور و جبر کے اس پہلو کا پتہ لگا جس کے متعلق اس قدر چرچا اخبارات میں ہو چکا تھا۔ ہم نے اسے مشورہ دیا کہ سرجری کی مدد سے اگر وہ اب بھی چاہے تو پھر سے اولاد پیدا کرنے کے قابل ہو سکتا ہے اور اس سلسلے میں ہم اس کی سفارش سی ایم او صاحب سے بھی کر سکتے ہیں۔ وہ یہ جان کر بہت خوش ہوا اور کہنے لگا کہ کل ہی اس بارے میں پتہ کرے گا۔ وہ البتہ یہ بھول گیا کہ اگر اب اس کی بیوی کو پھر بچہ ہوا تو یہ ضروری تو نہیں کہ وہ لڑکا ہی ہو اور پھر یہ چوتھا بچہ ہوگا اور وہ اس قدر بوجھ اپنی قلیل تنخواہ میں اٹھانے کے قابل بھی ہے یا نہیں۔

سستا مال اور سودا مہنگا

یہ ندی ایک برفانی جھیل سے نکلتی تھی اور پہاڑوں میں اٹکھیلیاں کرتی آبشاریں بناتی جب دریا سے ملتی تھی تو ایک ڈیلٹا بناتی تھی۔ اس ڈیلٹے میں کچھ جنگل تھا اور کچھ کھیت بھی تھے۔ سنگم پر ایک مندر تھا۔ ندی کا پانی عام طور پر صاف اور ٹھنڈا ہوتا مگر برسات میں یہی ندی جب پھیل جاتی تو اپنے ساتھ لائی ہوئی مٹی تمام ڈیلٹے میں بکھیر دیتی۔ ندی میں مچھلی بکثرت تھی۔ دیسی کئی قسم کی اور انگریزی تروٹ نام کی۔ دونوں کا گوشت لذیذ ہوتا۔ مگر تروٹ میں صرف ایک کانٹا ہونے کی وجہ سے یہ زیادہ پسند کی جاتی اور مہنگی بھی بکتی۔ ندی کے کنارے مچھیروں کی ایک بستی تھی جو مچھلی پکڑ کر گزر کرتے۔ کچھ بکرے کاٹ کر بیچتے اور کچھ نے ڈھابے کھول لیے تھے۔ نزدیک کے بازار میں دیسی اور انگریزی شراب کے ٹھیکے بھی تھے۔ دونوں قسم کی شرابوں کی قیمتوں میں کم از کم ایک اور تین کی نسبت تھی۔ یعنی اگر دیسی شراب دس روپے میں بوتل ملتی، تو انگریزی تیس روپے میں۔ کچھ لوگ ناجائز شراب کا بھی دھندا کرتے۔ یہ شراب

گاؤں میں زیادہ تر گُڑ سے نکالی جاتی۔ اگر اس کا خمیر اٹھانے والے جُزو اچھے ہوتے یعنی چاول، جو وغیرہ تو شراب اچھی ہوتی مگر اسے سستا بنانے کے لیے کچھ لوگ اس میں گلی سڑی چیزیں۔ انگریزی کھاد، نوشادر وغیرہ بھی ڈالنے سے گُریز نہ کرتے۔ یہ ناجائز شراب ٹھیکے کی دیسی شراب سے بہت سستی یعنی دو تین روپے بوتل ملتی۔ اس میں تین حصّہ دار ہوتے۔ بنانے والا، لانے والا اور پرچون بیچنے والا۔

بستی میں جہاں ڈھابوں پر گوشت، مچھلی اور روٹی ملتی وہاں عادی لوگوں کو شراب بھی دستیاب ہو جاتی۔ تھوڑا بہت شعور رکھنے والے لوگ تو گوشت مچھلی یہاں سے خریدتے اور شراب کی بوتل ٹھیکے سے لے کر کہیں ندی کے کنارے بیٹھ کر شغل کر لیتے۔ مگر عادی شرابی جن کی جیب میں پیسے بھی کم ہوتے ہیں وہیں ڈھابے پر گوشت، چپاتیاں بھی لیتے اور پیگ در پیگ سستی شراب کا آرڈر بھی دیتے۔ یہ شراب انھیں آٹھ آنے پیگ کے حساب سے مل جاتی۔ ایک رُوپے میں میٹ کی پلیٹ اور ایک روپے میں آٹھ چپاتیاں یعنی چار پانچ روپے میں پیٹ اور دماغ دونوں کی عیاشی مکمّل ہو جاتی تھی۔ کھیمُوں، ناتھو، اور بِلکو تینوں دوست شام کو ہمیشہ یہیں اکٹھے ہوتے۔ روٹی کھاتے، سستی شراب پیتے، ہنکارتے اور پھر نیم بے ہوشی کی حالت میں اپنے اپنے گھروں کو چلے جاتے۔ کھیمُوں لکڑی کے آرے پر کام کرتا تھا، ناتھُو چھوٹی موٹی مرمّت کا دھندا کرتا تھا اور بِلکُو قلی تھا۔ اُن کی محدود آمدنی کا نِصف سے زائد حصّہ کھانے اور شراب پر لگ جاتا تھا۔ بیویاں بچّے وہ گاؤں میں چھوڑ آئے تھے، جو وہاں اپنی گزر زمین کی تھوڑی بہت اُپج سے کرتے تھے۔ کبھی کبھار جب یہ لوگ گھر جاتے تو دیگر ضرورت کا سامان اور کچھ نقد روپیہ دے آتے۔

کچھ عرصہ بعد ندی کے ڈیلٹے میں ایک آوارہ گرد قبیلے کے لوگ آ بسے۔ انھوں نے جھونپڑیاں ڈال لیں۔ وہ روزی کمانے کے لیے کئی کام کرتے جس میں مزدوری اور دست کاری کی چیزوں کی فروخت، کرتب دکھانا وغیرہ شامل تھے۔ ان کی

عورتیں بھی چست اور چالاک تھیں۔ ناچ گا کر اور جڑی بوٹیاں بیچ کر پیسہ اکٹھا کر لیتی تھیں۔ اگر کچھ نہ بن پڑے تو مانگنے میں بھی انھیں عار نہ تھا۔ کچھ لوگوں نے وال روڈ کے ڈھابے کھول لیے۔ وہاں میٹ مچھلی بھی ملتے اور شراب بھی۔ ان کی شراب دو قسم کی ہوتی۔ ایک تو بیئر کی طرح جو چاول کو سڑا کر بغیر کشید کیے بنتی اور دوسری کشید کی ہوئی۔

شروع شروع میں تو اِن لوگوں کے ڈھابوں پر کوئی آدمی نہ گیا اور خرید و فروخت اُن کی آپس میں ہی محدود رہی۔ مگر آہستہ آہستہ کچھ منچلے وہاں اِس لیے منڈلانے لگے کہ ڈھابوں کی منتظم عورتیں تھیں — اور شراب بھی وہی پلاتی تھیں۔ یعنی شراب کے ساتھ ساتھ ساقیِ دلرُبا کی نگاہیں بھی میسّر تھیں۔

ایک دن اُن تینوں دوستوں میں سے کھیمُوں بھی وہاں جا ٹپکا۔ ایک ڈھابے والی سے گوشت کی پلیٹ کا بھاؤ پوچھا اور شراب کے ایک پیگ کا بھی۔ اتنا سستا بھاؤ سُن کر وہ سنّاٹے میں آگیا اور ایک غلیظ سی گالی دوسرے ڈھابے والوں کو نکالی جنھیں اَب وہ لُٹیرا سمجھنے لگا تھا۔ وہ جا کر اپنے دونوں دوستوں کو بھی ڈھونڈ لایا اور آج کا ڈنر انھوں نے ایک عورت جس کا نام سومُوں تھا، کے ڈھابے پر کیا۔ اس کے ہاتھوں سے انھوں نے چار چار پیگ بھی ڈکارے۔ تمام بل بنا صرف چھ روپے بارہ آنے کا۔ یہاں میٹ کی پلیٹ چار آنے تھی اور پیگ بھی چار آنے اور جب کہ باقی کا ریٹ وہی ایک روپے کی آٹھ ——— انھوں نے حساب لگایا کہ کرِلُو کے ڈھابے پر تو اتنے مال کے بارہ روپے لگتے ——— یہ سوچ کر اُنھوں نے سومُوں کو چار آنے کا ٹِپ بھی دیا اور اس سے ہر روز اُس کے ڈھابے آنے کا وعدہ بھی کیا۔

تھوڑے عرصہ میں ماہی گیروں کے ڈھابوں پر اُلّو بولنے لگے اور تمام رونق ان آوارہ قبائلی لوگوں کی بستی کی طرف منتقل ہو گئی۔ مچھیرے حیران تھے کہ یہ لوگ اتنا سستا میٹ اور شراب کیسے بیچ رہے ہیں ———

ایک رات حسبِ معمول ڈھابوں پر رونق تھی۔ شراب کے دَور چل رہے تھے۔ کچھ منچلے ایک عورت کا ناچ اور گانا بھی سُن رہے تھے کہ باوردی پولیس نمودار ہوئی، ساتھ میں ایکسائز کے لوگ بھی تھے۔ انھوں نے تین ڈھابے والوں کو بمعہ شراب پکڑ لیا اور ان کی خوب پٹائی کی۔ اب اُن سے یہ پوچھا گیا کہ اُن کی شراب کی بھٹی کہاں ہے۔ وہ پولیس کو لے کر ایک دُور بنے جھونپڑے کی طرف لے چلے۔ کھیموں، ناتھو اور رلکو کو بھی شاملِ تفتیش کر لیا گیا۔ جھونپڑے میں اس وقت بھی بھٹی چل رہی تھی۔ بدبُو اور عفونت سے تمام ماحول ناپاک ہو رہا تھا غلاظت پھیلی ہوئی تھی۔

کھیموں اور اس کے ساتھیوں نے جو کچھ دیکھا، اس سے ان کو لگا کہ وہ اس جانور سے کم نہیں جو غلاظت سے اپنا پیٹ بھرتا ہے۔ تھانیدار اور دوسروں نے ناک مُنہ پر رومال لپیٹے اور بھٹی والوں کو حکم دیا کہ بھٹی کو توڑ دیں اور کچھ برتن ——— اور شراب لے کر تھانے کو چلیں۔ اب خیموں کی تلاشی شروع ہوئی، تو ایک خیمے میں بیسیوں بوتلیں ناجائز شراب کے علاوہ بوری میں لپٹا ہوا ایک مُردہ جانور کا سر نکلا۔ دوسرے دن تمام شہر میں بات پھیل گئی۔ شرابی اور کبابی جو وہاں جاتے تھے گنگا جل کے غرارے کرنے لگے۔ پشیمانی سے اُن کی روحیں تڑپ اٹھیں اور ندامت سے اُن کے سر جھک گئے۔

کھیموں اور اس کے ساتھی اس واقعہ کے تیسرے دن ایک مچھیرے کے ڈھابے پر گئے۔ وہاں مچھیرے نے انھیں کھانا کھلانے اور شراب پلانے کے بعد پانی پی پی کر کوسا اور بھلی بُری سُنائیں کہ سستا مال کھانے گئے تھے اب کس مُنہ

۹۵

سے وہاں سے واپس آئے ہو۔ اُن کو بہت کوفت ہوئی اور انھوں نے آوارہ قبائلیوں کے خلاف جنگ کا اعلان کر دیا۔ کچھ اور ندامت کے مارے لوگ اُن کے ساتھ ہو گئے۔ آوارہ قبائلیوں کے بہت سے مرد تو قید کر لیے گئے تھے۔ اس لیے جب اُن کی بستی پر حملہ ہوا تو کوئی مزاحمت نہ ہوئی۔ ان ندامت کے ماروں نے اپنی پشیمانی کی تلافی کے لیے اُن کی ساری بستی کو ہی آگ لگا دی۔

منتخب یادگار افسانوں کا ایک مجموعہ

ڈبل لائف اور دیگر افسانے

مصنف : عزیز احمد

بین الاقوامی ایڈیشن جلد منظر عام پر آ رہا ہے